さみしいことが あるのなら
口ずさんでみませんか
私の歌でよければ
うたってくれても いいです
一人の部屋
外では風がふいている

天を歩け、そして唄え

天を歩け、そして唄え

くだらねえこの世界で　あくせく生きてるんじゃねえ
破れそうな夢を抱いても　天を歩け　そして唄え
つまらねえ欲に　しがみついているんじゃねえ
生まれたままの姿で　天を歩け　そして唄え

フワフワと　夢見るように　雲の上を唄いながら歩こう
地上に落ちないように　足元に注意して
ラララララ　ラララララ　ラララララ　ラララララ
夢を抱いて天を歩け　そして優しく唄え

悲しみの時に　泪を流すなんて
そんな事は誰でもするさ　天を歩け　そして唄え
夜空で一番　輝く星を探そう
それを自分だと思って　天を歩け　そして唄え

フワフワと　夢見るように　雲の上を唄いながら歩こう
花を踏みつけないように　足元に注意して

ラララララ　ラララララ　ラララララ　ラララララ
夢を抱いて天を歩け　そして優しく唄え
ラララララ　ラララララ　ラララララ　ラララララ
夢を抱いて天を歩け　そして優しく唄え
優しく唄え　優しく唄え

出発

わかって欲しい　大人達よ　精一杯　生きている事を
涙を流さないで　わかって欲しい　時は流れてゆくもの
見守っていて欲しい　温かい心で　そんなに馬鹿にしないで
あなた方でさえも　できなかった事を　俺達はやり始めよう

本当の幸せと　本当の喜びを探し求めよう
偽りの言葉に　まどわされないで　思った道を歩こう

何もかもすべてを　与えてくれるのは　ありがたいのだけれど
この手で　この汗で何かをつかむんだ　心が望んだものを
トランクいっぱいの　札束でさえも　今は用のないもの
そんな紙切れと　俺達の魂を　引き替えないで欲しい

本当の幸せと　本当の平和を探し求めよう
偽りの言葉に　まどわされないで　思った道を歩こう
本当の幸せと　本当の喜びを探し求めよう
偽りの言葉に　まどわされないで　思った道を歩こう

UC

地球のどこかのかたすみで

君の街に朝陽がのぼるころ
僕の街の夕陽はしずむだろう
君が朝だと思ったものは
僕にとっては夜かもしれないよ

地球のどこかのかたすみで
朝陽がのぼるころには　夕陽がしずむ

僕が夢中になってるあの女は
昔君が別れた女かもしれないね
君がつきあってる女は
僕と別れた女かもしれないよ

地球のどこかのかたすみで
それぞれの喜び　それぞれの泪

僕がさよならするさみしい夜に

君は生まれてくるかもしれないね
僕が生まれたまぶしい朝にはきっとどこかで
誰かが泣いただろう

地球のどこかのかたすみで
それぞれの喜び　それぞれの涙
地球のどこかのかたすみで
朝陽がのぼるころには　夕陽がしずむ

子供ならもっと、
高い山に登りたがるはずさ

どうでもいいよなつまらない事に
いちいち心を惑わされて
あっちでゴツン　こっちでゴツン
何かにぶつかるたびに心乱して

もっと確かなものを探し求めて
生きてゆくつもりだったはずだ
もっと確かなものを探し求めて
生きてゆくつもりだったはずだ

世の中とても不景気らしい
そういや俺のサイフもスッカラピンさ
だけどその事は決して人の心の
情熱をうばいさるものではないはずだ

だって人の命は一度きりだから

こんなつまらない日々に
埋もれてしまえるはずがないさ
そうさ俺の命は一度きりだから
もっと確かな日々を過ごしたい

そうさ子供ならもっと　高い山に登りたがるはずだよ
そうさ子供ならもっと　高い高い山に
登りたがるはずさ

涙の中に幸せを涙とともにほほえみを

涙の中に　幸せを
涙とともに　ほほえみを
涙の中に　幸せを
涙とともに　ほほえみを

風吹く人生に　心いたませる
若者よ　ほほえみ捨てずに生きよう

涙の中に　幸せを
涙とともに　ほほえみを

僕らは　僕らなりの生き方をして
悔みはしない　涙は流さないよ

涙の中に　幸せを
涙とともに　ほほえみを

涙の中に　幸せを
涙とともに　ほほえみを

祖父の島

潮のにおいのする土地にやって来ると
遠くの空から　聞こえてくるんだ
神様みたいな　優しい声で
あれは　じいちゃんの声だな
帰っておいで
どんなたくましい青年になっただろうって
もどっておいで
何万キロも離れてる訳でもないのに
もどっておいで
この海を　泳いで　泳いで

潮のにおいのする土地にやって来ると
遠くの空から　聞こえてくるんだ
神様みたいな　優しい声で
あれは　ばあちゃんの声だな
帰っておいで
お前のかあさんは元気にやっているかい

もどっておいで
何万キロも離れてる訳でもないのに
もどっておいで
この海を　泳いで　泳いで

もどっておいで
何万キロも離れてる訳でもないのに
もどっておいで
この海を　泳いで　泳いで

展望台から

山の上の展望台から望遠鏡で望いていると
半ズボンからはみだした
ひざっこぞうを　すりむきながら
はしゃぎまわっていた子供が
こぎれいなスラックスにはきかえて
おすましの少年になってゆくのがみえる
うしろでは少年のお母さんが
スーツとネクタイを
もって待っている

ここは山の上だから　雲が下に見える
左から右のほうへ雲は流れてゆく

さっきまで　頭の上で燃えていた太陽は
今はもう地平線にかくれてしまった

スーツをきこんで　ネクタイをしめて

山をおりていく
青年の姿が見える　青年の姿が見える

よぼよぼじいさん

もう今から何年くらい前になるんだろう
僕が高校二年の時だった
僕らの担任の先生は　六十歳を過ぎた
よぼよぼのじいさんだった
昔かたぎのがんこ者
頭の固い　わからずやな人だった
ヘンコツ　わからずやのクソジジイと
僕らはバカにしたものだったが
一年たってみたら　一年たってみたら
いつしか僕は　その先生が好きになっていたんだ

一年たってその先生が好きになった頃
僕らは突然のように
先生が僕らを最後に教壇を降りることを
知らされたんだ
古いものの中に　すばらしい古さが
古いものの中に　すばらしい新しさがあることを

教えてくれた先生　先生　僕はあなたが好きでした

おもえば僕が勉強もせずに
ギターばかり弾いていた頃
ほどほどに　ほどほどに　ほどほどにしなさいと
みんなが説教する中で
そんなに好きなら　学校をやめなさい
その道に入るがよいと
きみにその情熱がないのなら　勉強に打ち込むがよいと
何故あの時　僕は学校をやめないで
ほどほどにギターを弾いたのだろう
何故あの時　僕はギターも捨てないで
ほどほどに勉強したのだろう
昔かたぎのがんこ者
頭の固い　わからずやだった人
先生　先生　よぼよぼじいさん
僕はあなたが好きでした
先生　先生　よぼよぼじいさん
今あなたはどうしているのでしょう

旅のわすれもの

もみあっているうちに頬に傷つけた
同じ所に傷をつけて
顔を見合わせて　二人笑った
いさかいのつまらなさを恥じるように

ブロック塀にもたれて　肩の力をぬいたら
また泣けた　雨の夜

青春は　同じ傷の痛み
本当はそっとして欲しかった
さらけだして　さらけ合って傷口を
広げてしまう　若い暴力さ

旅立つお前を引き止めはしない
二人離れた方がいいさ
だけど　お前の事を忘れない
かけがえのない時を共に過した

憎み合えたら　もっと楽だったね
ふりそそぐ　雨の夜

青春は違う傷の痛み
本当はそっとして欲しかった
分かり合って　分かち合って　傷口を
深めてしまう　苦いやさしさ

青春は　同じ傷の痛み
本当はそっとして欲しかった
さらけだして　さらけ合って傷口を
広げてしまう　若い暴力さ

訪ねてもいいかい

君は疲れてお風呂にも入らずに
うたた寝してたら
いつの間にか眠ってしまった
悲しい事があったんだね
小さな肩がふるえてた
うつぶせになって泣いたりするから
畳がびしょ濡れさ
訪ねてもいいかい　そんな夜には
訪ねてもいいかい
君の一人きりの部屋へ

しばらく眠った君は
そっと目をさまし
あまりの夜の静けさに
思わず声を詰まらせた
馬鹿な事はしないでおくれよ
うつろにあたりを見まわして

どんなにつらい夜があっても
強く生きて欲しい
訪ねてもいいかい　そんな夜には
訪ねてもいいかい
君の一人きりの部屋へ

よかったよあのまま朝まで
眠りつづけていたら
体をこわして
また僕を心配させてたところさ
訪ねてもいいかい　そんな夜には
君の悲しみ　半分　分けて欲しいんだ

風は旅人

眠れなくて街を歩く
木の葉のざわめき　月明かりの道
生きる切なさ　胸につのる想い
そっと吹く風に打ち明ける

風よ　なんて優しい夜だ
今夜はお前と語り明かそう
風よ　なんて優しい夜だ
今夜はお前と語り明かそう

木枯らし吹くと故郷のことが
気にかかって自分が情けない
せめて心だけ風よ伝えてくれ
俺はこの街で生きてゆく

風よ　なんて優しい夜だ
今夜はお前と語り明かそう

風よ　なんて優しい夜だ
今夜はお前と語り明かそう

風よ　明日天気になるね
今夜はこんなに星降る夜だ
風よ　明日天気になるね
今夜はこんなに星降る夜だ

さよなら

僕はもう　おさらばしようと思った時にも
何かをしはじめようと思った時にも
誰かの言葉が気になって　できないことがあった
でも　もうさよならさ　誰かの機嫌をとるのはね
さよならさ　さよならさ　みんなおしまいさ
さよならさ　さよならさ　みんなおしまいさ

失意と僻みと欲望と焦りと
裏切りと詮索と苦笑い照笑い
そう僕を取巻くあらゆる　自由でないものに
そう僕を取巻くあらゆる　自由でないものに
さよならさ　さよならさ　みんなおしまいさ
さよならさ　さよならさ　みんなおしまいさ

あれから何日も経つのに通りすぎる風のように
僕の心を傷付けていったお前の言葉にも
さよならを言おうね　もう僕は気にしないから
さよならを言おうね

だからお前も　もう気にしなくていいよ
さよならさ　さよならさ　みんなおしまいさ
さよならさ　さよならさ　みんなおしまいさ

もう僕は何も気にしないよ
だって僕　何も聞こえないもの
だから何と言ってくれても　かまわないよ
さよならさ　みんなおしまいさ
さよならさ　さよならさ　みんなおしまいさ
さよならさ　さよならさ　みんなおしまいさ
さよならさ　さよならさ　みんなおしまいさ
さよならさ　さよならさ　みんなおしまいさ

そして僕はもう一度　さよならを言おう
もう一度お前に確かに　さよならを言おう
待ち受ける闇のように僕の心を閉ざす
僕の心を捕えた　どうしようもない悲しさに
さよならさ　さよならさ　みんなおしまいさ
さよならさ　さよならさ　みんなおしまいさ
さよならさ　さよならさ　みんなおしまいさ
さよならさ　さよならさ　みんなおしまいさ

うたたね

うたたね　炬燵　11月の午後
慣れない仕事　ちょっと疲れました

風がトトンと　窓を叩く
お客さんかな　ウウン　ひとりぼっち

ルルルン　ルルルン　電話のベルが鳴る
君の声がする　フフン　静かな午後

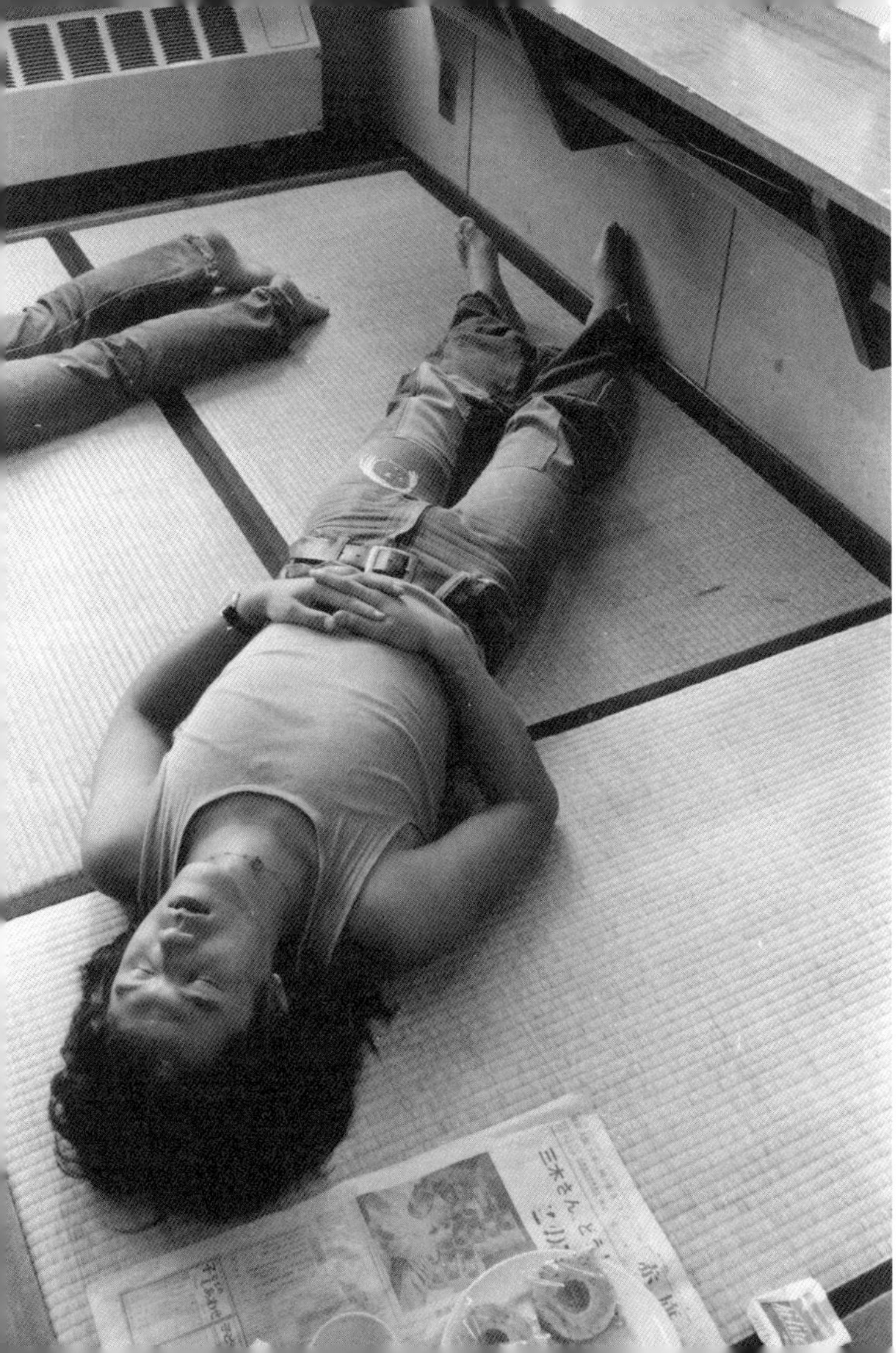

大福餅

ある日ぼくは　サイフを落として
店先のリンゴを　ぬすんでしまったが
君のゲンコツのおかげで
すっかり元気になれたよ
ありがとうありがとう　君に
ありがとう　ありがとう
君のステキなあのゲンコツに……

坂の途中で「もう、しんどい帰ろう」と
もらした時に　下からにらんでた君の
あの鬼のような顔のおかげで
すっかり元気になれたよ
ありがとうありがとう　君に
ありがとう　ありがとう
君のステキな鬼のような顔に……

僕がカゼひきで　ねこんだ時に

大福餅を持って　見まいに来てくれた
君のエガオのおかげで
すっかり元気になれたよ
ありがとうありがとう　君に
ありがとう　ありがとう
君のステキなあの笑顔に……
Hey, Hey, Hey
ありがとうありがとう　君に
ありがとう　ありがとう
君のステキなあの笑顔に……

なるにまかせるさ

今日のところは　もうこれくらいにして
クヨクヨするのはやめた　なるにまかせるさ
全てをつくして後は待つだけ
明日は明日の陽が昇る
おー　人生にはクヨクヨ考えていても
どうにもならない時があるのでしょう
ああするの　こうするの
ああしないの　こうしないのと
言ってるうちに　時は流れてゆくものさ

あれこれ迷ってる暇もないし
とにかく俺には金もないし
やるだけやって　後はなるにまかせるさ

綿密な計算をもとに得られた答えでも
そう理屈どおりにはゆかないものさ
大まかな目標ってのか　見当つけたら

やるだけやって後は寝て待つさ
おー　人生にはクヨクヨ考えていても
どうにもならない事があるのでしょう
ああするの　こうするの
ああしないの　こうしないのと
言ってるうちに
くたびれて誰かのいいなりになっていたり

所詮は人間様とてただの生き物
命あるものの流れに沿って
後は待つだけさ　なるにまかせるさ

風の人、火の人、山の人

小さな事にこだわらず
さわやかに人を受け入れる
風の人になりたい

ひとつの事に打ち込める
激しさで君に求めよう
火の人になりたい

やさしさだけでは
生きてゆけないから
傷つけあいもするだろう
黙って人を信じよう
山の人になりたい

心にしみる微笑みと
真直ぐな気持ちなくさない
風の人になりたい

命の重さ尊さを
抱きしめて胸に守り抜く
火の人になりたい

幸せだけでは　生きてゆけないから
かなわぬ今日を嘆くより
黙って明日見つめよう
山の人になりたい

誕生日を前にして

春はいつの間にか夏に燃え尽きて
秋はしずかに　冬になってしまった

うれしいことも　もちろんありました
悲しいことも　それはありました
くやしいこと　腹の立ったこともありました
あやまっておかなければいけない
こともありました

25年目の春が　すぐそこに
若いと言えばもちろん若いけど
25年目の春が　すぐそこに
空を駆けめぐるには
重くなりすぎてしまった

もいちど　ここでふんばってみよう
君がさっきおみやげに買ってきてくれた

大福餅を口いっぱい　ほおばって
腕を組み　空を見つめてみる

25年目の春が　すぐそこに
若いと言えばもちろん若いけど
25年目の春が　すぐそこに
空を駆けめぐるには
重くなりすぎてしまった

春はいつのまにか夏に燃え尽きて
秋はしずかに冬になってしまった

アンクル・ハンバーガー

髪の毛が長いからって　白い目で見るのは
もうずいぶん昔の話じゃないのかい
それがお前　髪の毛が長すぎるからって
アルバイト先を　クビになったんだってな
この金でその髪を短くしてこいと
千円札二枚　くれたんだってな
おお　まだまだ世間も捨てたもんじゃないぜ
あーはん　楽しくなっちまう

あの角のハンバーガー屋のおっさんだってな
お前その金おっさんにつき返したそうな
今どきめずらしい　がんこ者だな
まるで家のおやじみたいな　変くつ者だな
この金でその髪を短くしてこいと
千円札二枚　くれたんだってな
おお　まだまだ世間も捨てたもんじゃないぜ
あーはん　楽しくなっちまう

あきらめ顔は早すぎる

鏡の中の自分の顔が
疲れてきたのはいつからだろう
二日酔いでもないはずなのに
ボンヤリこちらを見つめてる顔

ぜいたくな暮らしになれすぎて
中途ハンパな時をすごしてた

自分がもう一度　自分らしく
自分の力をとりもどしたい

やろうと思えば　何でもできる
あきらめ顔は早すぎるはずさ
タバコも少し吸いすぎてるみたい
とりとめもなく二箱もあけて

ぜいたくな暮らしになれすぎて

情熱を失くしかけていた

タバコもお酒も　カバンにつめず
ブラリとどこかへ　旅に出てみようか

自分はもう一度　自分らしく
自分の力をとりもどすのさ
ラララ・・・

夕焼け空の彼方

あの空のずっとむこうでは
何色の雲が流れているだろう
それはどんな形をした風に
押し流されてゆくだろう

あかね雲なら夕焼けの彼方に
そして燃えて尽きるだろう
あかね雲なら　夕焼けに向かって
燃え尽きるだろう

あの宇宙のずっとずっと向こうでは
どんな音色の星が息づいているだろう
宇宙人はどんな喜びと悲しみを
抱いて生きてるだろう

もしも愛があるのなら　別れがあるのなら
もしも生まれ　そして死んでゆくのなら

ここと同じだろう

もしも愛があるのなら　憎しみがあるのなら

傷つけ合うなら　労わり合うのなら

ここと同じだろう

ポプラ

ずっと昔から　この町を流れる
川の畔に　たたずむ私は
ポプラの木です

ああ　もう何万年も　何億年も
昔から私　あなたを
待ってたような気がするのです

あなたは風　通り過ぎてゆく
朝焼けの町に　昼さがりの町に
黄昏の町に
あなたは風　通り過ぎてゆく

あなたは風　通り過ぎてゆく
やって来て　もて遊ぶように
たわむれて　そして行ってしまう
あなたは風　通り過ぎてゆく

元気ですか

古い自分の殻を脱ぎ捨て
まだ見えない夢を追いかけてゆくさ
微笑みながら　くいしばるんだよ
流れに向かう魚のように

元気ですか　変わらずに
新しい風　見つけましたか
昨日は昨日さ　しくじったり
泣いたりしたけど　元気ですか

洗いざらしのジーンズみたいに
雨上がりの山が輝いているよ
息を切らして翔けてくる君の
笑った顔に木漏れ陽踊る

元気ですか　変わらずに
新しい風　見つけましたか

明日という日が待ちどおしい
子供のように　元気ですか

元気ですか　変わらずに
新しい風　見つけましたか
明日という日が待ちどおしい
子供のように　元気ですか

どんまいどんまい

ひとつくらいシュートを　はずしたからって
どんまいどんまい　くよくよするなよ
むこうがせめてる　あのボールを
うばいかえしてゴールを決めてやれ
どんまいどんまい　くよくよするなよ
どんまいどんまい　くよくよするなよ
どんまいどんまい　くよくよするなよ
くよくよするなよ　くよくよするなよ
くよくよするなよ　よくある事じゃないか

背番号1のあの人にだって
眠れない夜は　あっただろう
お前ならできるさ　はねかえすんだ
ガーンと一発　かっとばせ
どんまいどんまい　くよくよするなよ
どんまいどんまい　くよくよするなよ
どんまいどんまい　くよくよするなよ

くよくよするなよ　くよくよするなよ
くよくよするなよ　よくある事じゃないか

へばっちゃだめだぜ　先はまだ長い
42.195キロだぜ
走れ　走れ　ゴールに向かって
たどり着いたら　泣けてくるだろう
どんまいどんまい　くよくよするなよ
どんまいどんまい　くよくよするなよ
どんまいどんまい　くよくよするなよ
くよくよするなよ　くよくよするなよ
くよくよするなよ

どんまいどんまい　くよくよするなよ
どんまいどんまい　くよくよするなよ
どんまいどんまい　くよくよするなよ
くよくよするなよ　くよくよするなよ
くよくよするなよ　よくあることじゃないか

ゴルゴダの丘

何も言わず　夕焼けを見つめていた二人
丘の上　肌寒い風に身を寄せ合って
ゴルゴダの丘にも雲は流れるかしら
目をとじて　つぶやいた君のまつげが濡れていた
君はお父さんの事を恥じているという
傷ついた心　救えるものは
イエス様だけなのかい

君の為に僕も祈ろう
今は君の為だけに
いつかきっと心ひらいて
微笑みを下さい

そうだね君の言うとおりだよ
人は皆　罪人さ
君を見つめるのが　恐くなったよ
心のぞかれそうで

だけど　信じてください　君の幸せを祈る
僕の心は　大人になっても
変わりはしない

君の為に僕も祈ろう
今は君の為だけに
いつかきっと心ひらいて
微笑みをください

運命

病院の一室で去りゆく友に
別れを告げた静かな夜にも
僕はひとりで つぶやいていた
「さらば　友よ……運命」

病院の一室で迎えた朝は
まぶしい光が輝いていた
白い建物を出る時に
生まれたばかりの赤ん坊の泣き声が……
運命　運命　運命　運命

そしてその夜　この場所を離れようと
「旅に出よう」とつぶやいた
突然襲う雨風の中を　歩き始めるひとりの夜

あちこちの町で　めぐりあった心も
そして別れてゆく憎しみも

寝床の中の一杯の酒に流してしまう夜がつづいた
運命　運命　運命　運命

ふと初恋の日のことを想い出した
街のはずれの公園で
いつも君と語り合ったね　夢と希望とあこがれと

この情熱が死んでしまったら
僕の命は失くしてもいいと
久しぶりに君に手紙を書いた
「僕は死んでしまったんだ……」
運命　運命　運命　運命

あの頃ふたり　目と目があうだけで
心の高鳴りをおさえられなかった
あの素晴らしい愛はいったい
何処へ逝ってしまったんだ

あの日病院の一室で　去って逝った友よ
君はどこをさまよってるんだろう……

僕は今も夜汽車にゆられ
移り変わる景色をただ見つめている……

運命　運命　運命　運命
運命　運命　運命　運命

月の花祭り

あの空に浮かぶ月　今は欠けているけれど
生まれ変わって　また満ちるだろう
夜の森を翔んでゆく　眠らない鳥たちよ
満月の夜に　帰っておいで

何もかもが生まれ変わるよ　風も星もくり返す波も
命は遠い空から降りて　地上に咲いた　幾千万の花

夜の河を泳いでゆく　傷ついた魚たち
生まれ変わって　もどっておいで
別れていった人も　帰ってきておくれ
肩を抱きあって　許しあおうよ

何もかもがめぐりあえるよ　生きていれば旅をつづければ
命はやがて空に昇って　地上を照らす　幾千万の星

何もかもが生まれ変わるよ　風も星もくり返す波も
命は遠い空から降りて　地上に咲いた　幾千万の花

ベナレスの車引き

インドの北の町のベナレスで　出逢ったじいさん
旅人に群がる車引きの男達の中で
一番年寄りでやせっぽちでみすぼらしいくせに
片目をつぶって笑うしぐさが素敵だったよ
ガンジス河まで乗って行きなよ
最後まで離れなかったね　じいさんあんたは
一日に一人か二人の客をひろって
わずかばかりの金を頼りに暮していくんだね
ガンジス河にあふれるばかりのヒンズー教徒達
何を祈って　何を願うのか

本当かいじいさん　そんなにやせっぽちなくせに
そうさおいらの息子はおまえみたいに大きいぜ
ガンジス河にいくつも　死体が流れていたね
そうだよおいらもいつかああして流れていくのさ
聖なる河に身をゆだねる人々
生きることよりも死ぬことと願っているようだ

この町じゃ人間様より牛達の方が
のんきな暮らしをしているようにみえるね
河に向かって僕は何かをたずねてみる
何も答えない　ただ流れ行くだけ

そうかいじいさん　そんなに孫が大勢いたんじゃ
あてのないその日暮らしじゃ大変だろうな
そうさおいらは幸せものだよ　りっぱな息子と
たくさんの孫たちに囲まれ生きていくのさ
ひとさし指をお日様に向けて
ナンバー・ワンの幸せものだと片目をつぶった

通りすがりの旅人達にはわかるまいがね
この町にゃこの町の生き方があるのさ
ガンジス河に沈む夕日が静かに笑った
僕も答えて静かに笑った

通りすがりの旅人達にはわかるまいがね
この町にゃこの町の生き方があるのさ
ガンジス河に沈む夕日が静かに笑った
僕も答えて静かに笑った

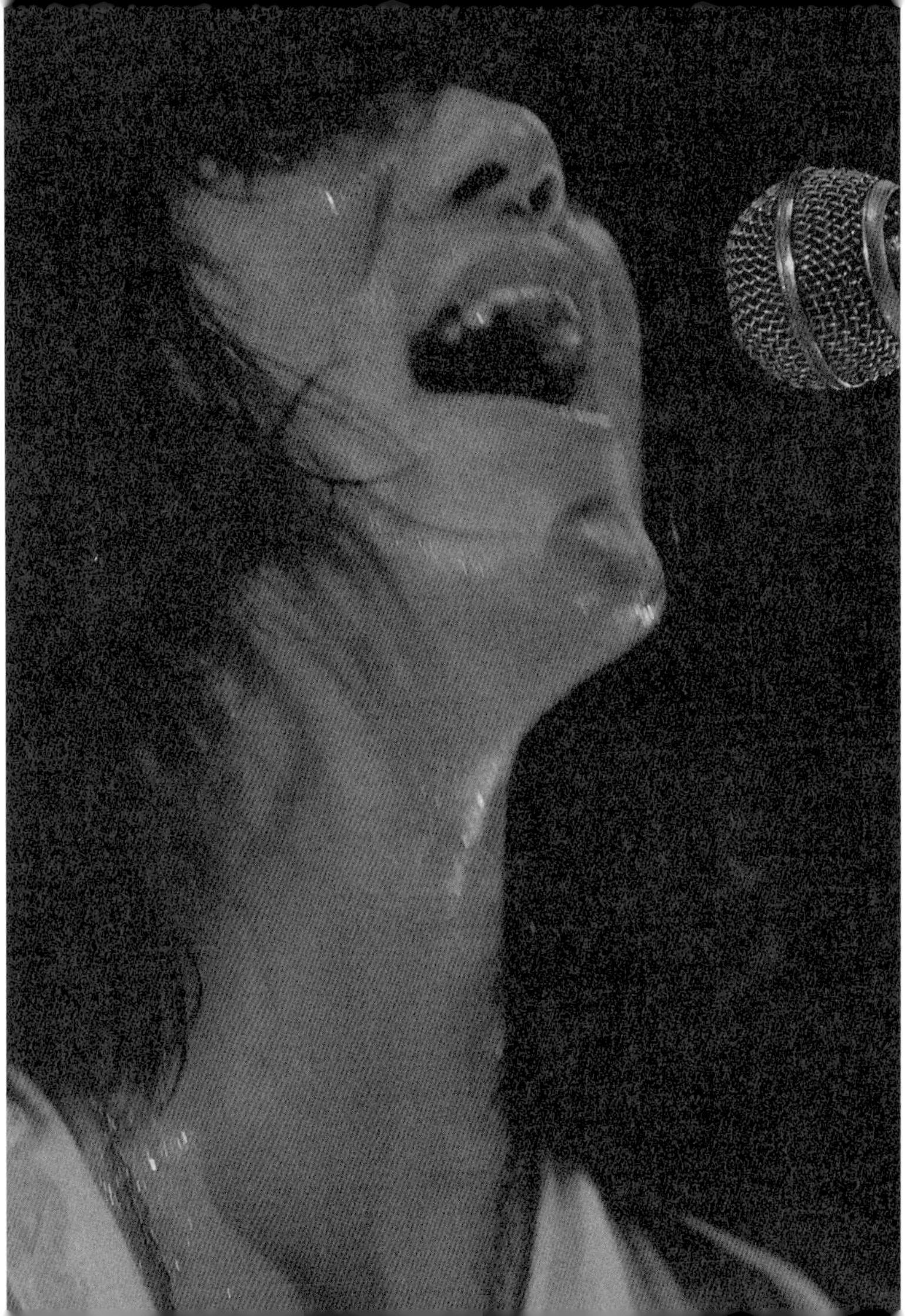

崩れた壁

不思議だね　あんなに無我夢中生きてきて
手に入れた全てが　無意味に見えるなんて
おかしいね　おかしすぎて泪より笑ってしまうよ
大切にしてきたステンドグラス　粉々に砕き

輝いた時間ほど　気付かずに通り過ぎてゆく
ある朝　目覚めれば俺のそばに　もう何もない

俺の夢と俺との間には壁があった
社会という時代というモラルという名の壁があった
若いだけで力も無く　指の先で壁に取り付いた
隙間から覗いた世界は光溢れて

崩れた　壁は崩れたけど　もう何もない
ただ広い荒野に風だけが吹き過ぎてゆく

気がつけば　生き方まで壁のように　閉ざされていた

ある朝　目覚めれば俺のそばに　もう何もない
輝いた時間ほど　気付かずに　通り過ぎてゆく

颪の唄

山から吹いてくる颪は
あれは父さんの颪さ
くよくようしろを振り向くな
やるだけやればいいじゃないか
父さんいつでもみているよ

海から流れてくる颪は
あれは母さんの颪さ
いつでも帰って来るんだよ
やるだけやればいいじゃないか
母さんいつでも待ってるよ

木々のこずえを渡ってく
あれは友達の颪さ
お前にだけは負けないぞ
けんかの後の仲直り
照れ臭かったのも　ついきのう

谷川を渡る　そよ風は
あれは妹の風さ
も一度一緒に歩こうよ
夕焼け空のあの道を
優しい声が聴こえるよ
優しい声が聴こえるよ

てんびんばかり

真実は一つなのか
何処にでも転がっているのかい
一体そんなものが　あるんだろうか
何も解からないで僕はいる

そして　それがあるとすれば
何処まで行けば見えてくるんだろう
そして　それがないものねだりなら
何を頼りに　生きて行けばいいんだろう

何も解らない　何も解らない　何も解らない
何も解らない　何も解らない
何も解らないで僕はいる

家を出て行く息子がいる
引き止めようとする母親がいる
どちらも愛してるどちらも恨んでる

どちらも泣いている

友達が殴られて仕返しをしに行った男がいる
その殴った相手も友達だったので
困ってしまった男がいる

偉い人は僕を叱るけど
その自信は何処からくるんだろう
でももしも僕が偉くなったら
やっぱり僕も誰かを叱るだろう

何人もの人を殺した男がいる
かけがえのない命を奪ってしまった
次はこの男が殺される番だ
かけがえのない命を奪ってしまう

男が殺される　男が殺される　誰も何も言わない
男が殺される　男が殺される　みんながそれに
賛成したのです

男はいつでも威張っているけど

どんな目で女を見つめているんだろう
女はいつでも威張らせておくけど
どんな目で男を見つめているんだろう

僕が何気なく呟いた言葉が
君をとっても悲しませてしまった
慰めようと言葉をかけたら
君は泣き出してしまった

長い間 君はとっても辛い思いをしてきたのでしょう
やっと君を幸せにできると
思ったのに君はもういない

毎朝決まった時間に起きる人の喜びは
何処にあるんだろう
電信柱に小便ひっかけた野良犬の悲しみは
何処にあるんだろう

うちの仔犬はとても臆病で一人では街を歩けない
首輪をつけると　とても自由だ
僕を神様だと思っているんだろう

拳を挙げる人々と手を合わす人々が
言い争いを続ける間に
ホラ　ごらんなさい野良犬の母さんが
かわいい仔犬を生みました

誤魔化さないでそんな言葉では
僕は満足出来ないのです
てんびんばかりは重たい方に傾くに
決まっているじゃないか
どちらも　もう一方より重たいくせに
どちらへも傾かないなんて　おかしいよ

誤魔化さないでそんな言葉では
僕は満足出来ないのです
てんびんばかりは重たい方に傾くに
決まっているじゃないか
どちらも　もう一方より重たいくせに
どちらへも傾かないなんて　おかしいよ

旧友再会

今日は本当に笑った
腹の底から笑った
夕べはあんなに塞いでいたのに
君に会えてよかった

今日の酒はうまかった
気持ちよく酔っ払った
ひとりでしんみり飲むのはつらいが
今日の酒はうまかった

共に過ごした青春
今では笑い話さ
もしももしもやり直せるならば
も少しうまくやりたいね

今日は本当に笑った

腹の底から笑った
わざわざここまで訪ねてくれて
今日はどうもありがとう

わざわざここまで訪ねてくれて
今日は本当にどうもありがとう

えいごばんからのめっせえじ

人生にさみしさや 切なさがなかったら
どんなに 味けないものになるのでしょう
—— そして、また 恐怖や悲しみや
怒りや 空しさや いつわりの 幸福《こうふく》
なんて なかったら どんなにか
ぐっすりと さみしさや 切なさ
の中で 眠ることができるのでしょう ——
—— 自然は美しい さみしさと切なさを
与えてくれたのに 人間は
恐怖と悲しみと怒りと空しさと
そして いつわりの ~~幸福~~《しあわせ》を作って
しまったのですね ——

だから あなたが 切ないほどに さみしい時に
悲しいほど[redacted]ほ[redacted]しあわせ[redacted]な時に
ぼくらを そして ぼくらの歌を
想い出して ほしいのです。

青春旅情

汽車にゆられ　一日のいくらかを
過ごす毎日が　続いています
北から南へ　東へ西へ
あちこちの　街の人と人との
心と心を　つなぐかけ橋に
なれたら　良いと思います

雨の日も　風の日も
ゆれる汽車の中で　想い出と
見知らぬ夢との
間を行ったり来たり

北から南へ　東へ西へ
あちこちの　街の人と人との
心と心を　つなぐかけ橋に
なれたら　良いと思います

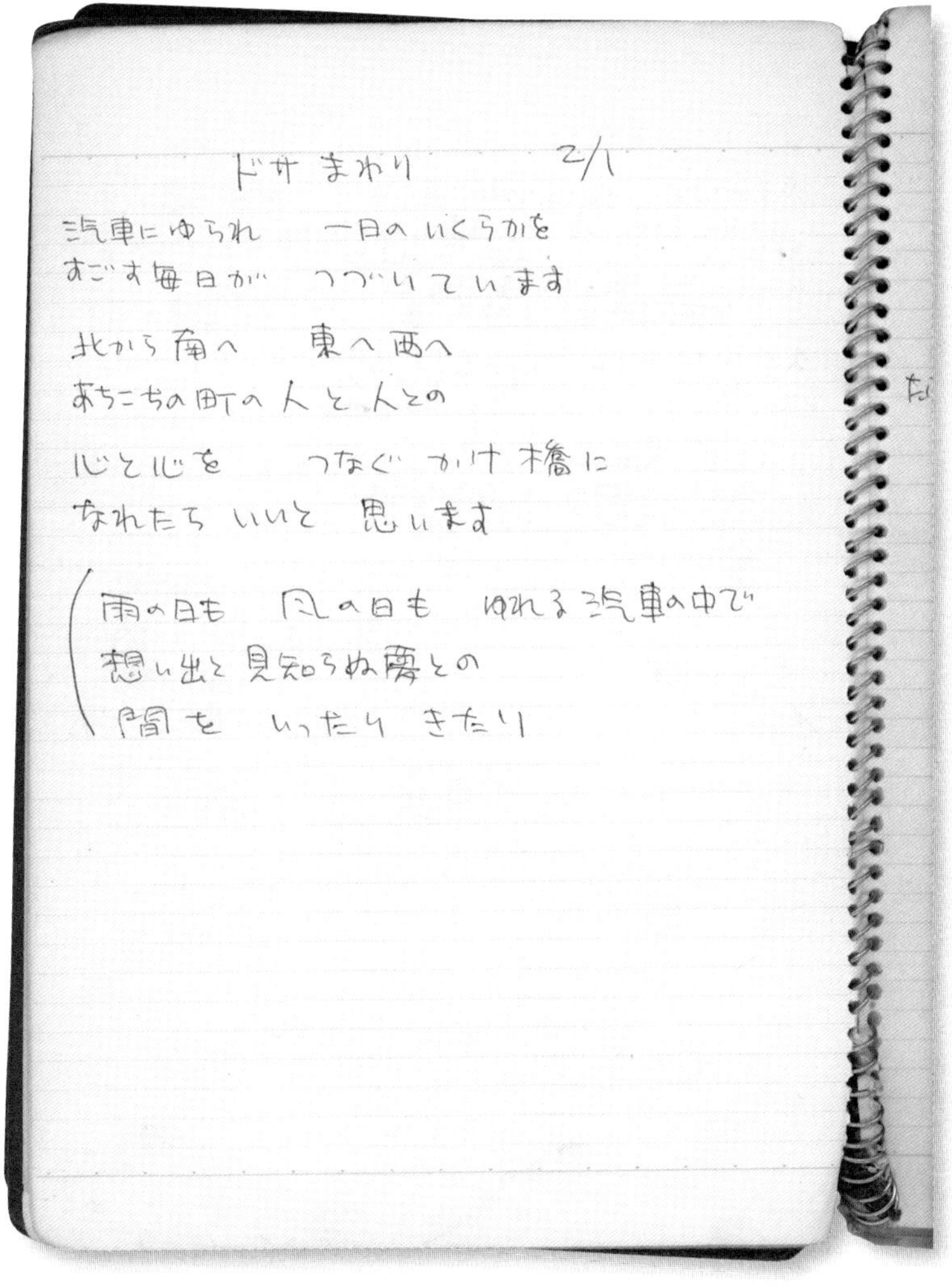
ドサまわり 2/1
汽車にゆられ 一日のいくらかを
すごす毎日が つづいています
北から南へ 東へ西へ
あちこちの町の人と人との
心と心を つなぐかけ橋に
なれたらいいと 思います
雨の日も 風の日も ゆれる汽車の中で
想い出と見知らぬ夢との
間を いったり きたり

雨の日も　風の日も
ゆれる汽車の中で　想い出と
見知らぬ夢との
間を行ったり来たり

流れる雲

流れる雲に想う　心を奪われる
青い空　鳴く鳥　すばらしい世界
おまえはいつから　いつの世まで
流れゆくのか　空のはて

おまえと共に行きたい　さまよい行きたい

青い空の彼方　山のふもとに
時に青い海に　気ままなおまえ
自由を求め　平和を求め
私も行きたい　空のはて

おまえと共に行きたい　自由をつかみたい

流れる雲よおまえは　誰もが恋しがる

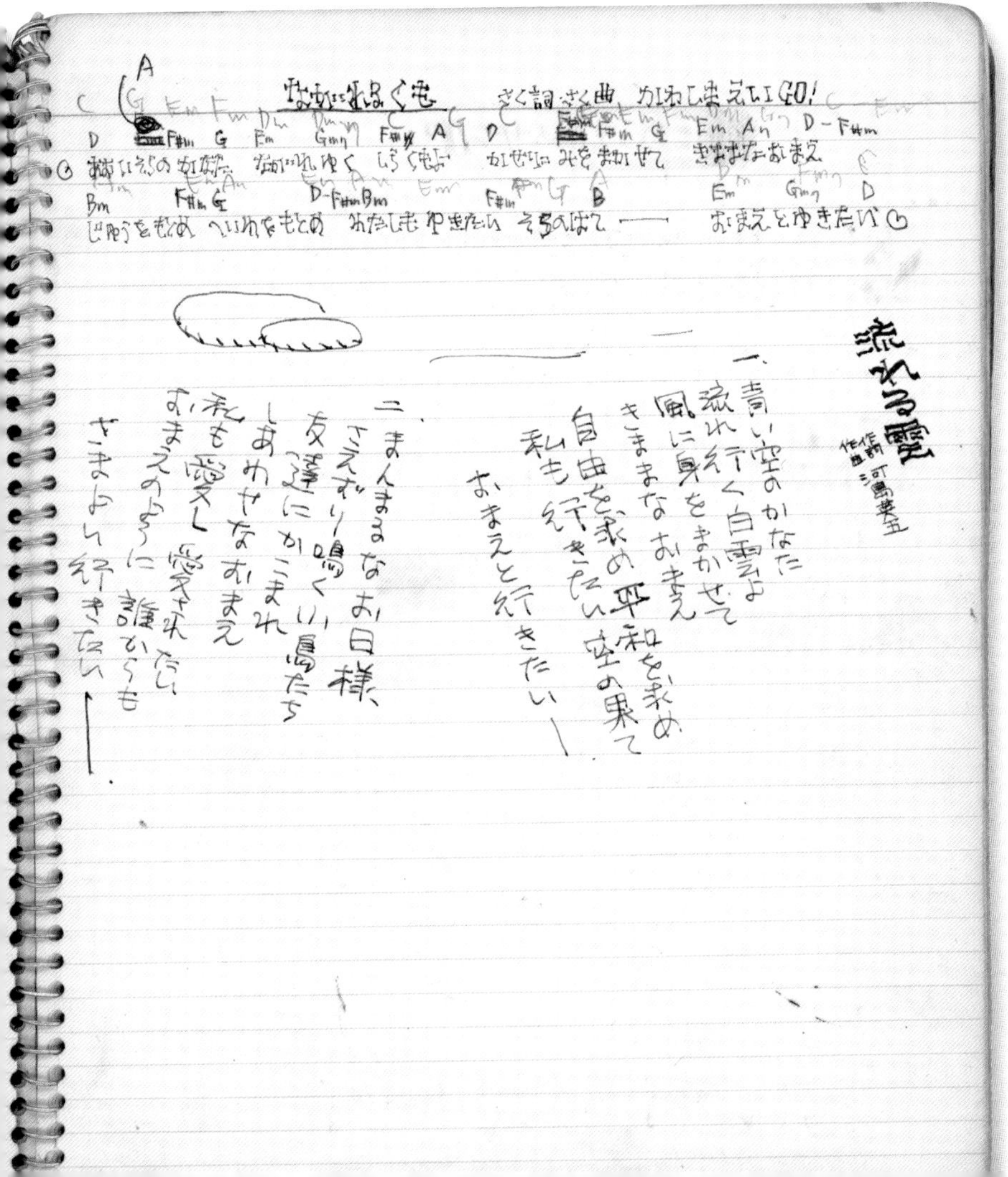
流れる愛
作詞作曲　河島英五
一、青い空のかなた
流れ行く白雲よ
風に身をまかせて
きままなおまえ
自由を求め平和を求め空の果て
私も行きたい
おまえと行きたい
二、まんまるなお日様
さえずり鳴く小鳥たち
友達にかこまれ
しあわせなおまえ
私も愛し　愛されたい
おまえのように誰からも
さまよい行きたい

私の心おまえに　みせられるように
私も愛し　愛されたい
おまえのように　誰からも
おまえと共に行きたい　さまよい行きたい

酒と泪と男と女

忘れてしまいたい事や
どうしようもない寂しさに
包まれた時に男は
酒を飲むのでしょう

飲んで　飲んで　飲まれて　飲んで
飲んで　飲みつぶれて眠るまで　飲んで
やがて　男は静かに眠るのでしょう

忘れてしまいたい事や
どうしようもない悲しさに
包まれた時に女は
泪を見せるのでしょう

泣いて　泣いて　一人泣いて
泣いて　泣き疲れて眠るまで　泣いて
やがて　女は静かに眠るのでしょう

又ひとつ　女の方が偉く思えてきた
又ひとつ　男のずるさが見えてきた
俺は男　泣きとおすなんてできないよ
今夜も酒をあおって　眠ってしまうのさ
俺は男　泪は見せられないもの

飲んで　飲んで　飲まれて　飲んで
飲んで　飲みつぶれて眠るまで　飲んで
やがて　男は静かに眠るのでしょう

酒と泪と男と女

G Am Bm C Bm Am-D7
1.) 忘れてしまいたいことや どうしようもないさみしさに
C D7 G Am Bm Em C D7 G
つつまれたときに 男は 酒をのむのでしょう
C Bm
のんでのんで のまれて のんで
C Bm Am D7
のんで のみつぶれて 眠るまで のんで
G Am C Bm G
やがて 男は 静《しず》かに 眠るのでしょう

2.) 忘れてしまいたいことや どうしようもない悲しさに
つつまれたときに女は 泪 みせるのでしょう
泣いて 泣いて ひとり 泣いて
泣いて 泣きつかれて 眠るまで 泣いて
やがて 女は 静かに 眠るのでしょう

3.) 又 1つ 女の方が えらく思えてきた
又 1つ 男のずるさが 見えてきた
俺は男 泣きとおす なんて できないよ
今夜も酒を あおって 眠ってしまうのさ
俺は男 泪は みせられないもの。

5/26 酒と泪と男と女

忘れてしまいたいことがいっぱいで
どうしようもない悲しさに つつまれた時
男は酒を 飲むのでしょう
のんで のんで のまれて のんで
やがてそのまま 眠るのでしょう。

忘れてしまいたい ことがいっぱいで
どうしようもない さみしさに つつまれた時
女は泪を流すのでしょう
泣いて 泣いて 泣きつかれて
やがて そのまま 眠るのでしょう

又一つ 女がえらく見えてきた
又一つ 男がずるく見えてきた
のずるさを見せてしまった
俺は男 泪は流さないよ 泣きとおすなんて できないよ
酒をあおって眠ってやるさ
明日はバラ色さ。
俺も酒をあおって
やっと眠れるのさ。
のんでのんで のまれてのんで
のんでのみつかれて ねむるまで のんで

のんで のんで
のまれて のんで
のんで のみつぶれて
ねむるまで のんで
泣いて 泣いて
ひとり〜 泣いて
泣いて 泣きつかれて
ねむるまで 泣いて

友よ語ろう

戦争も知らない　貧しさも知らない
だけどわけも知れず　眠れぬ夜がある

暗い森に迷った　ヘンゼルとグレーテルのように
闇に向かって差し出した　手と手がふれあった

友よ今夜は語ろう　友よ朝まで語ろう
友よ今夜は語ろう　友よ朝まで語ろう

生まれて育った町も　別れを知った場所も
違う二人だけど　分かる哀しみがある

君に聞いて欲しい事が　あるから訪ねて来たんだよ
君に聞いて欲しい事が　あるから訪ねて来たんだよ

友よ今夜は語ろう　友よ朝まで語ろう
友よ今夜は語ろう　友よ朝まで語ろう

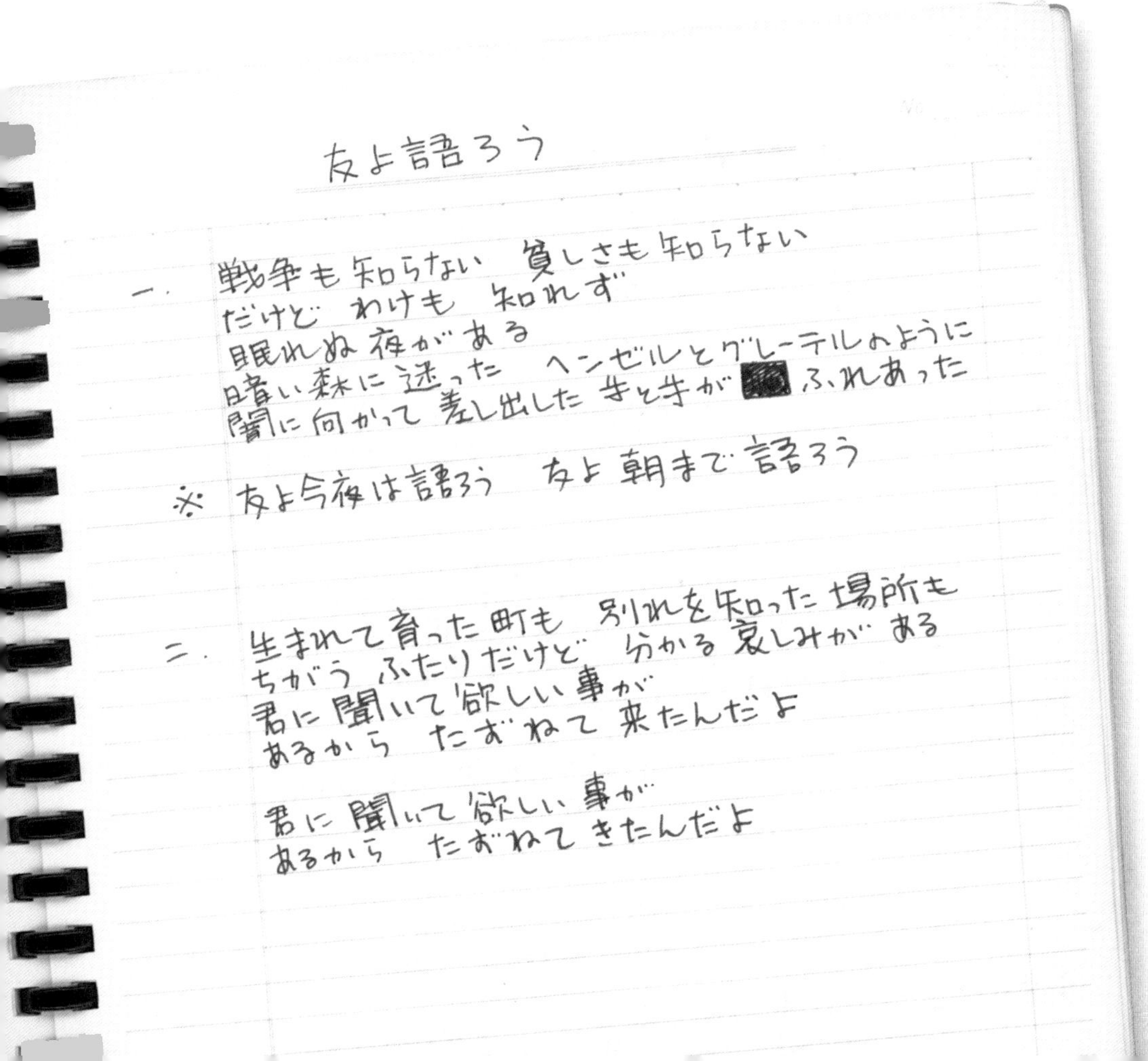
友よ語ろう

一. 戦争も知らない 貧しさも知らない
だけど わけも 知れず
眠れぬ夜がある
暗い森に迷った ヘンゼルとグレーテルのように
闇に向かって 差し出した 手と手が [redacted] ふれあった

※ 友よ今夜は語ろう 友よ朝まで語ろう

二. 生まれて育った町も 別れを知った場所も
ちがう ふたりだけど 分かる哀しみがある
君に聞いて欲しい事が
あるから たずねて来たんだよ

君に聞いて欲しい事が
あるから たずねてきたんだよ

友よ今夜は語ろう　友よ朝まで語ろう
友よ今夜は語ろう　友よ朝まで語ろう

足並みをそろえて

足並みをそろえて　歩かされるのは
もうたくさんさ　もう嫌だよ

どこまでも続くよ　泥沼の一本道
土手の下に転がって　息を吹き返すこともできねえ

ワンツースリーフォー　ワンツースリーフォー
かけ声がきこえるよ
ワンツースリーフォー　ワンツースリーフォー
流れ落ちる汗も　俺のものじゃねえ

ワンツースリーフォー　ワンツースリーフォー
かけ声がきこえるよ
ワンツースリーフォー　ワンツースリーフォー
流れ落ちる汗も俺のものじゃねえ

"足並みをそろえて" by・EIGO KAWASHIMA

Am　　　F　　G　　Am　　　　E　E　E
足並みをそろえて　歩かされるのは

Am　　　F　E　　　Am
もうたくさんさ　もうんやだよ

Am　　　　　F　　E　Am　　　　　F　E
どこまでも　続くよ　どろ[illegible]の一本道

Am　　　　　F　　　E　Am　　Em　　　　Am　A
土手の下にころがって　息を吹き返すこともできない

F
1!2!3!4!　1!2!3!4!

Em
かけ声が聞こえるよ

F
1!2!3!4!　1!2!3!4!

E　　　　　　　　　　　　　　　Am
流れて落ちる汗も俺のものじゃねえ

足並みをそろえて
足並みをそろえて
俺だ　足並み[illegible]そろえて
俺だ　足並み[illegible]そろえてたまる？
足並み[illegible]
足並みをそろえてたまる？
足並みをそろえて

— '70 10月作品 —

何かいいことないかな

僕が若者という名で呼ばれはじめて
そして今になるまで
つぶやき　あるいは叫びつづけた
言葉を今　言おう
何かいいことないかな
何かいいことないかな
何かいいことないかな
何かいいことないかな
だれかが　僕に　お前にとって
青春とは何だと　たずねても
僕には答える言葉がない
ただこう言えるだけさ
何かいいことないかな
何かいいことないかな
何かいいことないかな
何かいいことないかな

僕が若者と呼ばれなくなって
何より暮らしが大変になったら
こんなのんきなことばかりは
言ってはゆけなくなるのでしょうか
それとも　僕が年老いて
今　この世を去ろうとするその時にも
寂しく僕は　言い続けるでしょうか
何かしとけばよかったと
何か　何か　何かいいことはないか　何かいいこと
出てこい　こわれそうなこの僕の目の前に
何かいいこと
残った命も　そう多くはないんだから
何かいいこと
出てこい早く　何か　何か　いいこと
何かいいことないかな
何かいいことないかな
何かいいことないかな
何かいいことないかな

僕にはかけがえのない恋人が
この世にただ一人だけいる

それなのに　やっぱり歌っている
何かいいことないかな
13、14、15、16の時の僕は
バスケットにすべてをかけてたつもり
それだけが　いきがいのつもりでいたが
やっぱり何かが　足りなかったよ
僕は今歌うことが　すべてのような
いきがいのような　つらをしているけれど
やっぱり何かが足りないよ
何かいいこと　ないかな
僕の中の歯車がくるってる
ゆるんだねじが　あるみたい
さびついているところが　あるんだよ
何かいいことないかな
何かいいことないかな
何かいいことないかな
何かいいことないかな
何かいいことないかな

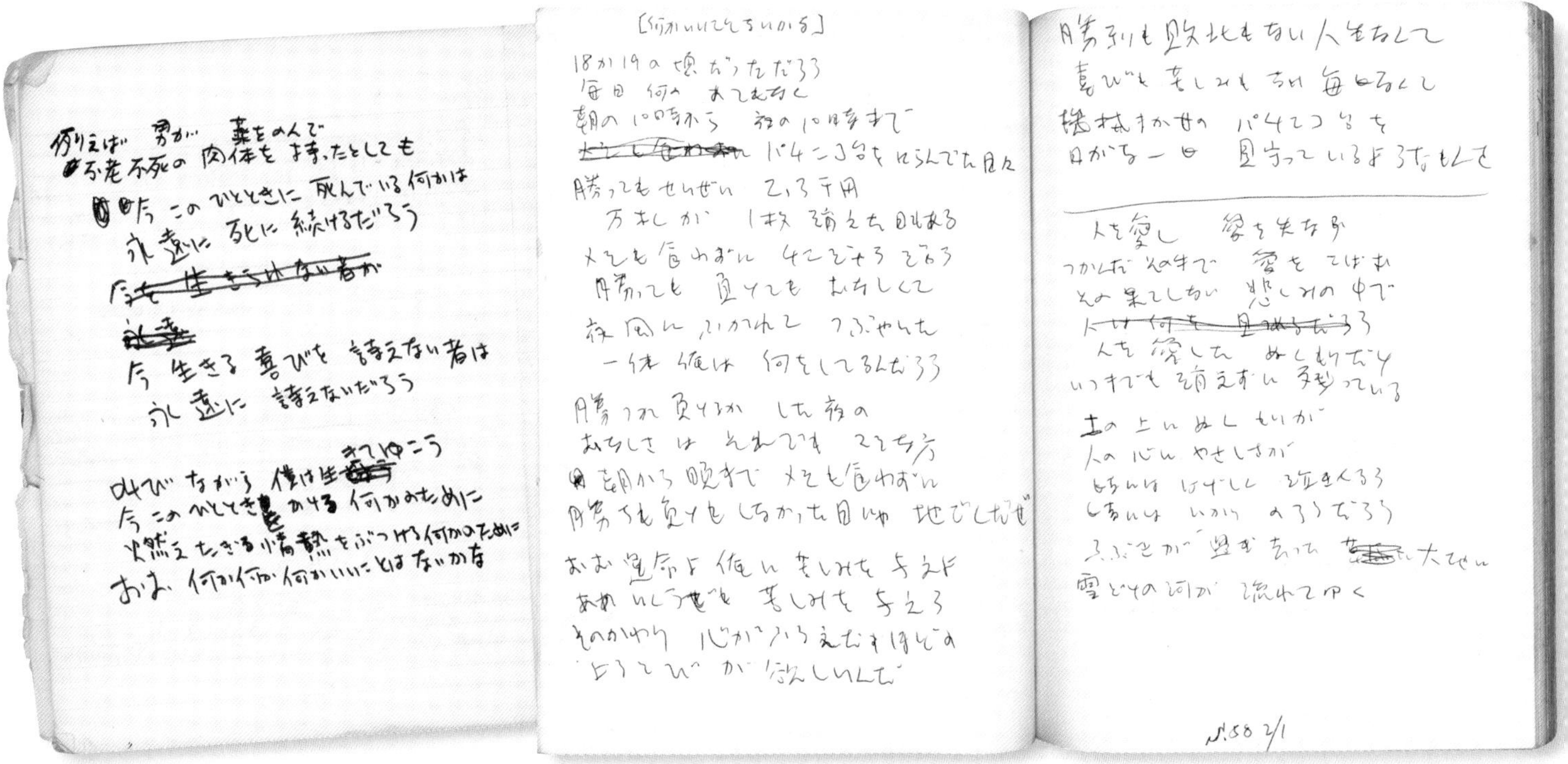
例えば 男が 薬をのんで
不老不死の 肉体を 持ったとしても
今 このひとときに 死んでいる何かは
永遠に 死に続けるだろう

今 生きる 喜びを 謳えない者は
永遠に 謳えないだろう

叫びながら 僕は生きてゆこう
今このひととき かける 何かのために
燃えたぎる 情熱をぶつける何かのために
おお 何か何か 何かいいことはないかな

[何かいいことないかな]
18か19の頃だったろう
毎日 何の あてもなく
朝の10時から 夜の10時まで
パチンコ台を にらんでた日々
勝ってもせいぜい 2,3千円
万札が 1枚 消えた日もある
メシも食わずに [illegible]
勝っても 負けても むなしくて
夜風に ふかれて つぶやいた
一体 俺は 何をしてるんだろう

勝つか負けるか した夜の
むなしさは それでも [illegible]
朝から晩まで メシも食わずに
勝ちも負けも しなかった日にゃ 地[illegible]だぜ

おお 運命よ 俺に 苦しみを 与えよ
ああ いくらでも 苦しみを 与えろ
そのかわり 心がふるえだすほどの
よろこびが 欲しいんだ

勝利も 敗北も ない人生なんて
喜びも 悲しみも ない 毎日なんて
機械仕掛けの パチンコ台を
日がな一日 見守っているようなもんで

人を愛し 愛を失なう
つかんだその手で 愛を てばなし
その果てしない 悲しみの中で
人を愛した ぬくもりだけ
いつまでも 消えずに 残っている

土の上に ぬくもりが
人の心に やさしさが
時には はげしく 吹きくるう
時には いかり くるうだろう
ふぶきが 過ぎ去って [illegible]
雪どけの河が 流れてゆく

N.58 2/1

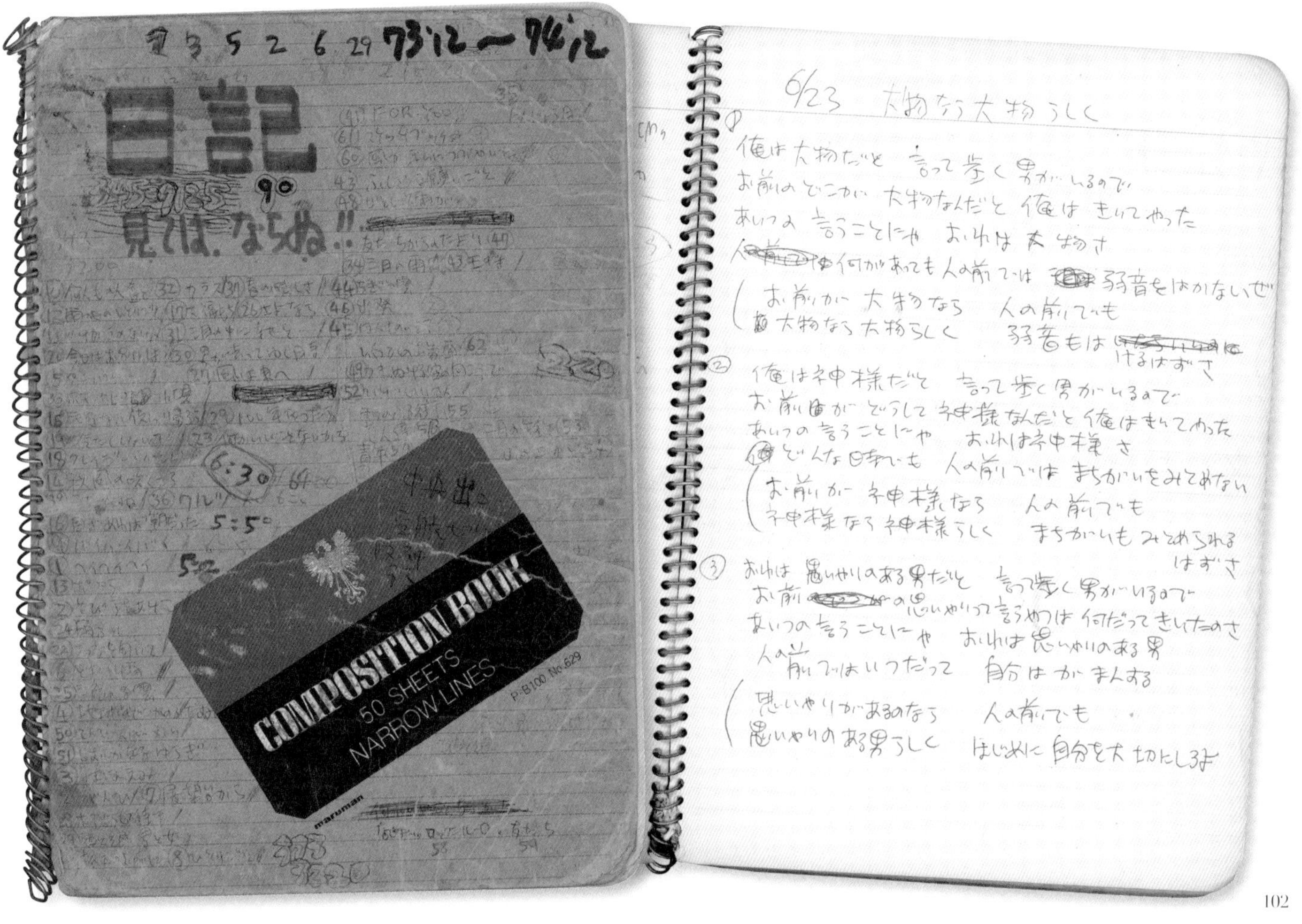
73'12～74'12
日記
見ては、ならぬ!!
COMPOSITION BOOK
50 SHEETS
NARROW LINES
P-B100 No.629
maruman
6/23　大物なら大物らしく
①
俺は大物だと　言って歩く男がいるので
お前のどこが　大物なんだと　俺は　きいてやった
あいつの　言うことにゃ　おれは　大物さ
何があっても人の前では　弱音をはかないぜ
お前が　大物なら　人の前でも
大物なら大物らしく　弱音もはけるはずさ
②
俺は神様だと　言って歩く男がいるので
お前が　どうして神様なんだと俺はきいてやった
あいつの言うことにゃ　おれは神様さ
どんな時でも　人の前では　まちがいをみとめない
お前が　神様なら　人の前でも
神様なら神様らしく　まちがいも　みとめられるはずさ
③
おれは　思いやりのある男だと　言って歩く男がいるので
お前の思いやりって言うやつは　何だってきいたのさ
あいつの言うことにゃ　おれは思いやりのある男
人の前ではいつだって　自分はがまんする
思いやりがあるのなら　人の前でも
思いやりのある男らしく　はじめに自分を大切にしろよ

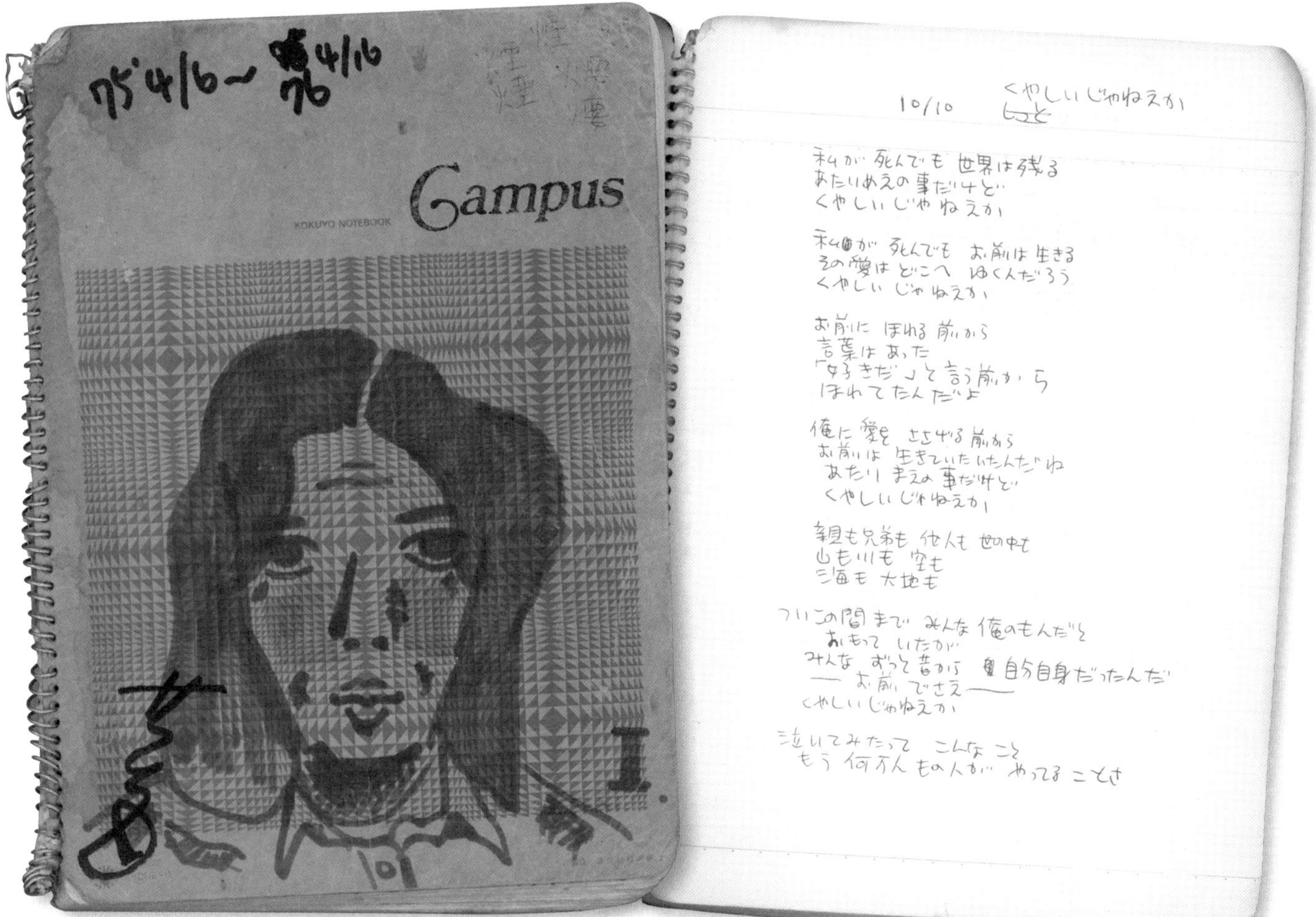
'75 4/6〜 '76 4/16
Campus
KOKUYO NOTEBOOK
I
10/10 くやしいじゃねえか
私が死んでも 世界は残る
あたりめえの事だけど
くやしいじゃねえか
私が死んでも お前は生きる
その愛はどこへ ゆくんだろう
くやしいじゃねえか
お前に ほれる前から
言葉はあった
「好きだ」と言う前から
ほれてたんだよ
俺に愛を ささげる前から
お前は 生きていたいたんだね
あたりまえの事だけど
くやしいじゃねえか
親も兄弟も 他人も 世の中も
山も川も 空も
海も 大地も
ついこの間まで みんな俺のもんだと
おもっていたが
みんな ずっと昔から 自分自身だったんだ
── お前でさえ ──
くやしいじゃねえか
泣いてみたって こんなこと
もう 何万人もの人が やってることさ

タンバリンをたたいておくれ

僕がお米を作っている間に　君は畑を耕していたんだね
腹いっぱい飯を食ってくれ　味噌と野菜を少しもらうよ
僕が病気で倒れた時には　僕の田んぼを見守っていてくれ
君が倒れたときには　君の畑は僕が見ていよう

山よ川よ　僕は幸せさ　かけがえのない友がいて
友よ　僕のギターに合わせて　タンバリンたたいておくれ

僕はお金が欲しくて　君に飯を食わせたんじゃないぜ
僕はお金が欲しくて　君の代わりに畑を見ていたんじゃないぜ
しばらくいないと思ったら
どこでもうけた金かは知らないけど
「僕の代わりに働いてくれ　お金を払うから」なんて
山よ川よ　僕は悲しいよ　かけがえのない友はもういない
山よ川よ　僕のギターに合わせて　お願いだ泣いておくれ

だけど友よ　なぜだか今でも　僕は君のことを待っている
もいちど僕のギターに合わせて　タンバリンたたいておくれ

山よ川よ　あいつに伝えてくれ　僕が今でも待っていることを
友よ　僕のギターに合わせて
お願いだタンバリンたたいておくれ
お願いだ　もいちどたたいておくれ

タンバリンたたいておくれ　もう一度　たたいておくれ
タンバリンたたいておくれ
タンバリンたたいておくれ　もう一度　たたいておくれ
タンバリンたたいておくれ　もう一度　たたいておくれ

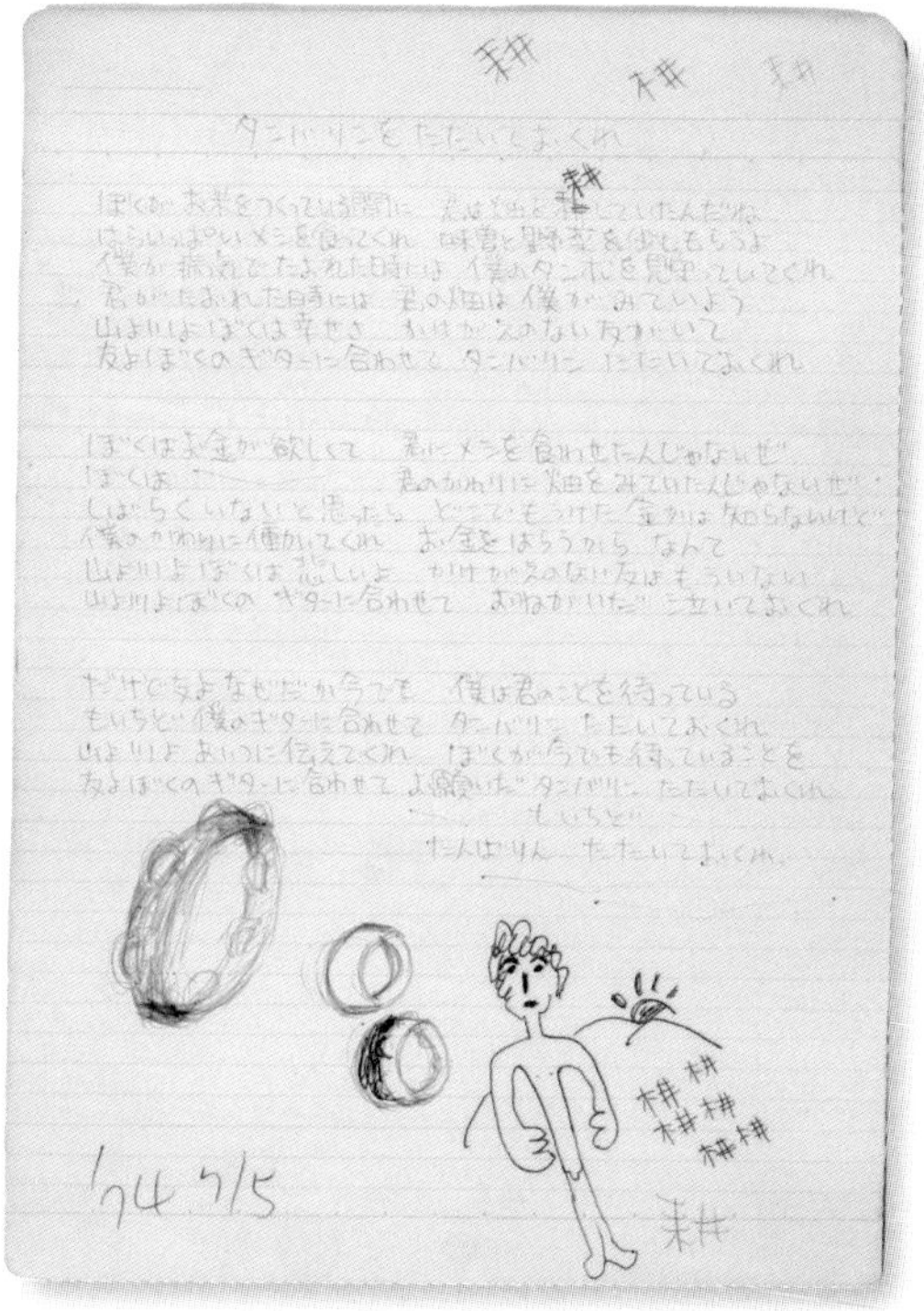
タンバリンをたたいておくれ

友よぼくのギターに合わせて　タンバリン　たたいておくれ

ぼくはお金が欲しくて　君にメシを食わせたんじゃないぜ

僕のかわりに働いてくれ　お金をはらうから　なんて

だけど友よなぜだか今でも　僕は君のことを待っている
もいちど　僕のギターに合わせて　タンバリン　たたいておくれ
山よ川よ　あいつに伝えてくれ　ぼくが今でも待っていることを
もいちど
たんばりん　たたいておくれ

'74 7/5

人間の祖先

金色の稲が　たわわに実った
豊作を祝う　祭りの夜に
われらが人間の　祖先たちは
悲しくも首をかしげた

みんながみんな同じように
幸せなので　もの足りない
喜びを一人占めしようとして
囲いを作ること覚えた

嵐の夜をいくつも旅した
われらが人間の祖先たちは
飢えや病に妻や子等を
失くすたびに　酒をくみかわした

体寄せ合い　愛を知った
ぬくもりが子供となった

悲しみを分かちあおうとして
ひとつの唄　歌った

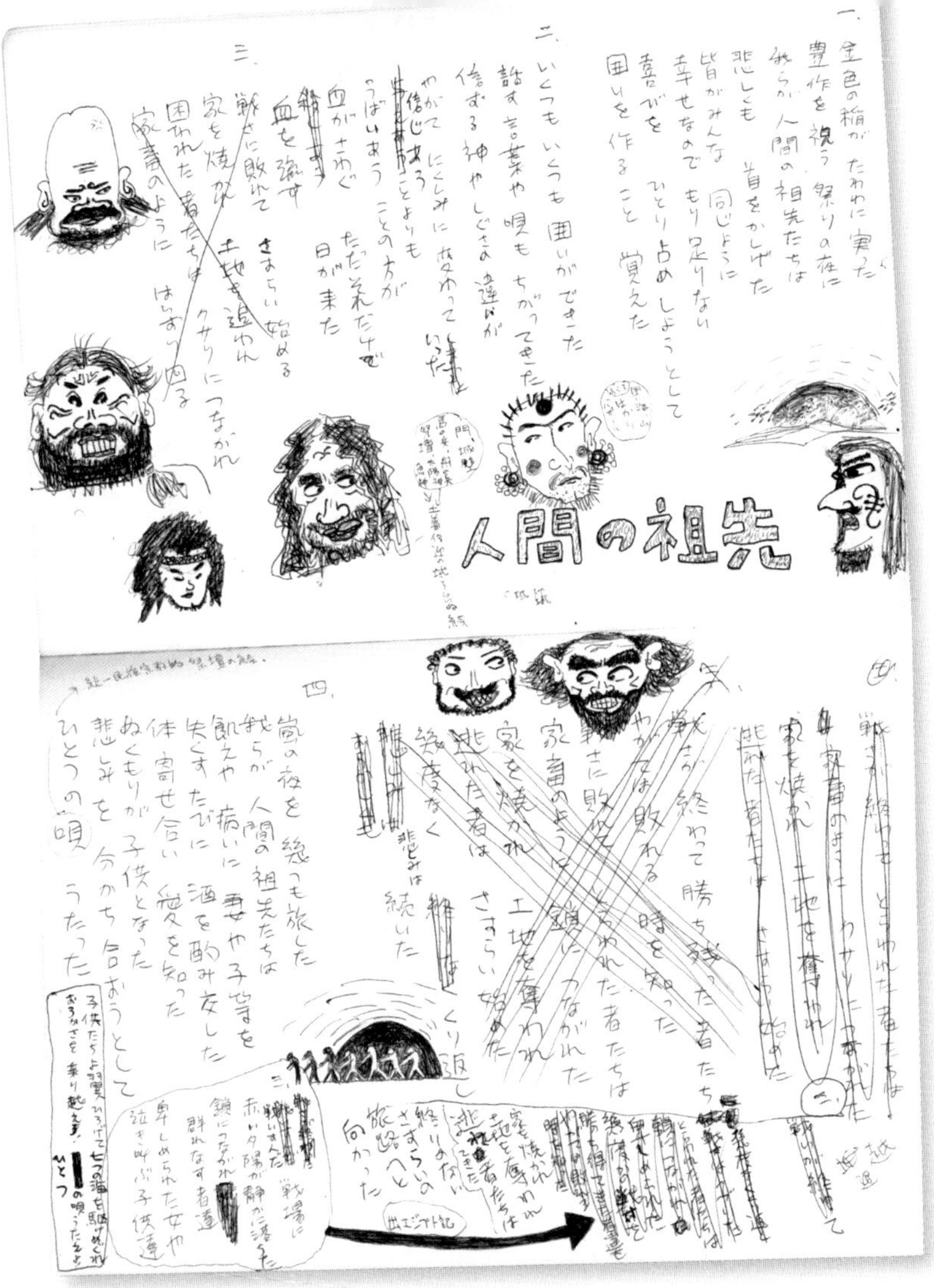
一、
金色の稲がたわわに実った
豊作を祝う祭りの夜に
我らが人間の祖先たちは
悲しくも　首をかしげた
皆がみんな　同じように
幸せなので　もり足りない
喜びを　ひとり占めしようとして
囲いを作ること　覚えた
二、
いくつもいくつも囲いができた
話す言葉や唄もちがってきた
信ずる神やしぐさの違いが
やがて　にくしみに変わっていった
うばいあうことの方が
血がさわぐ　ただそれだけで
日が来た
三、
戦さに敗れて　土地を追われ
家を焼かれ　さすらい始める
囲われた者たちは　クサリにつながれ
家畜のように
血を流す
人間の祖先
四、
嵐の夜を幾つも旅した
我らが人間の祖先たちは
飢えや病いに妻や子供を
失くすたびに酒を酌み交した
体寄せ合い愛を知った
ぬくもりが子供となった
悲しみを分かち合おうとして
ひとつの唄　うたった
戦さが終わって勝ち残った者たち
やがては敗れる時を知った
家畜のように鎖につながれた
逃れた者は　さすらい始めた
幾度なく
悲しみは　続いた
くり返し
旅路へと　向かった

ノウダラ峠

こんもりと茂った大木の　木陰に腰をおろしている
山の方から気持ちの良い　風が吹いてくる
幾頭かの馬の列が　背中に荷物を背負って
鈴を鳴らしながら　通り過ぎてゆく
いくつもの山を越えて来た　ノウダラ

藁葺き屋根と泥壁の家　笑い声を上げる子供たち
谷川の水を水瓶につめて　山を上がってくる娘たち
太陽に照りつけられて　流れる汗と土にまみれ
生き物たちに囲まれて　生きてゆく人々よ
いくつもの山を越えて来た　ノウダラ

何かを求めて旅に出た　僕にとってはこの村が
ただの通りすがりではなく　何かを感じさせるとしても
ここにもやはり暮らしがある　暮らしに満たされた人もいれば
何かを捨てて旅に出る事を　願う人もいるだろう
いくつもの山を越えて来たノウダラ

いくつもの山を越えて来たノウダラ

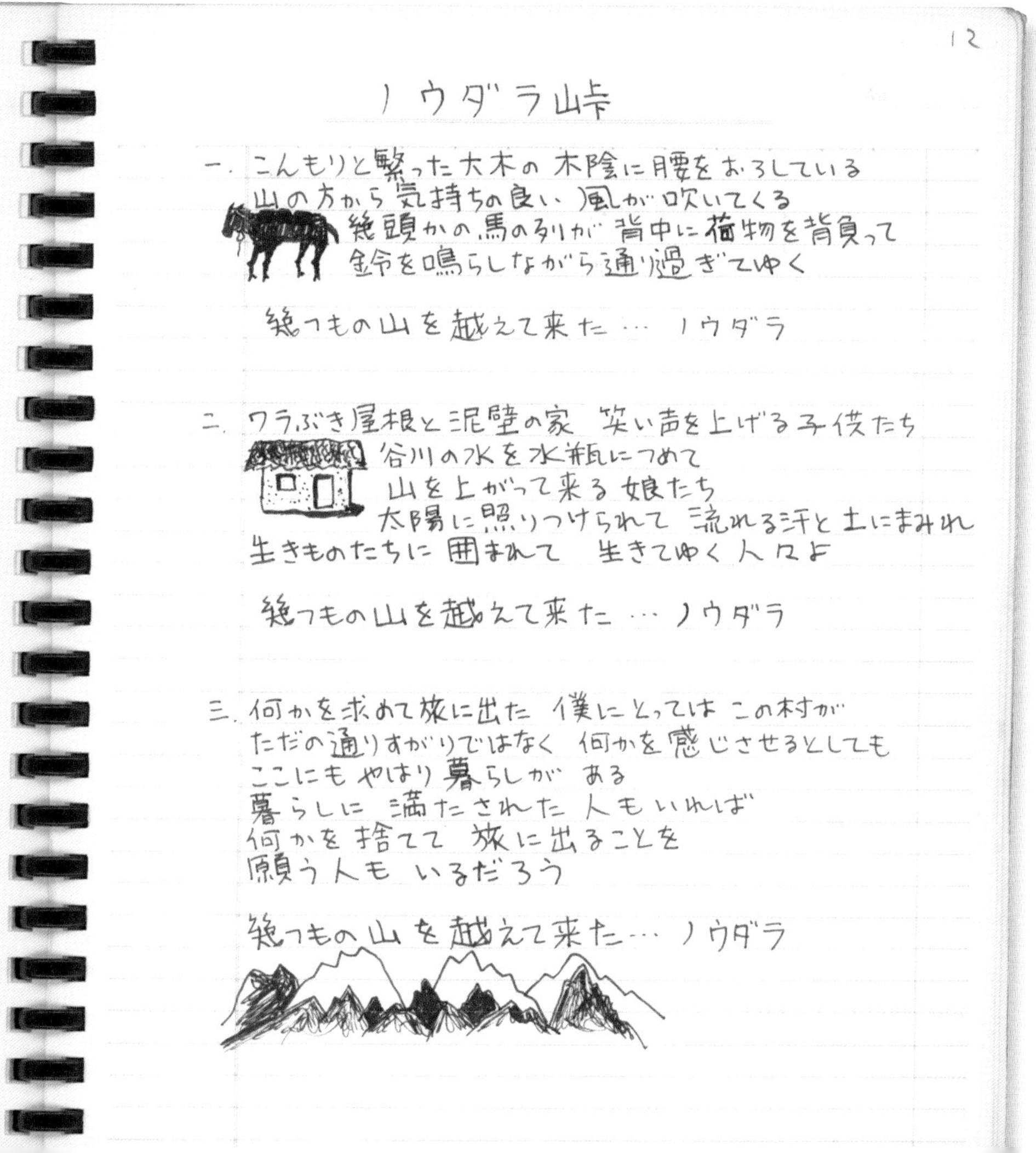

12

ノウダラ峠

一、こんもりと繁った大木の 木陰に腰をおろしている
山の方から気持ちの良い 風が吹いてくる
幾頭かの馬の列が 背中に荷物を背負って
鈴を鳴らしながら通り過ぎてゆく

幾つもの山を越えて来た… ノウダラ

二、ワラぶき屋根と泥壁の家 笑い声を上げる子供たち
谷川の水を水瓶につめて
山を上がって来る娘たち
太陽に照りつけられて 流れる汗と土にまみれ
生きものたちに囲まれて 生きてゆく人々よ

幾つもの山を越えて来た… ノウダラ

三、何かを求めて旅に出た 僕にとっては この村が
ただの通りすがりではなく 何かを感じさせるとしても
ここにもやはり暮らしが ある
暮らしに 満たされた 人もいれば
何かを 捨てて 旅に出ることを
願う人も いるだろう

幾つもの山を越えて来た… ノウダラ

晩秋

この国が一番美しい　燃える秋が訪れる
空の遠い遠い所から　懐かしい唄が聞こえてきそうだ
縁側で繕い物しながら　口ずさむ母の唄か
下校時間告げるチャイムと共に　流れたメロディーか

悲しみに心奪われ　生きる力無くした時にも
季節は美しく巡り来て　優しく響く

声が潰れるほど泣いた夜も　抱き合った温もりも
過ぎ行く日々の暮らしの中に
いつの間にか埋もれて行くでしょう
街路樹が赤く色づく道　笑い合う子供達
道草をしてお帰りなさい　今を楽しむが良い
やがて寒い冬が来て　全てが雪に埋もれても
あなたと生きて愛し合った日々　忘れはしない

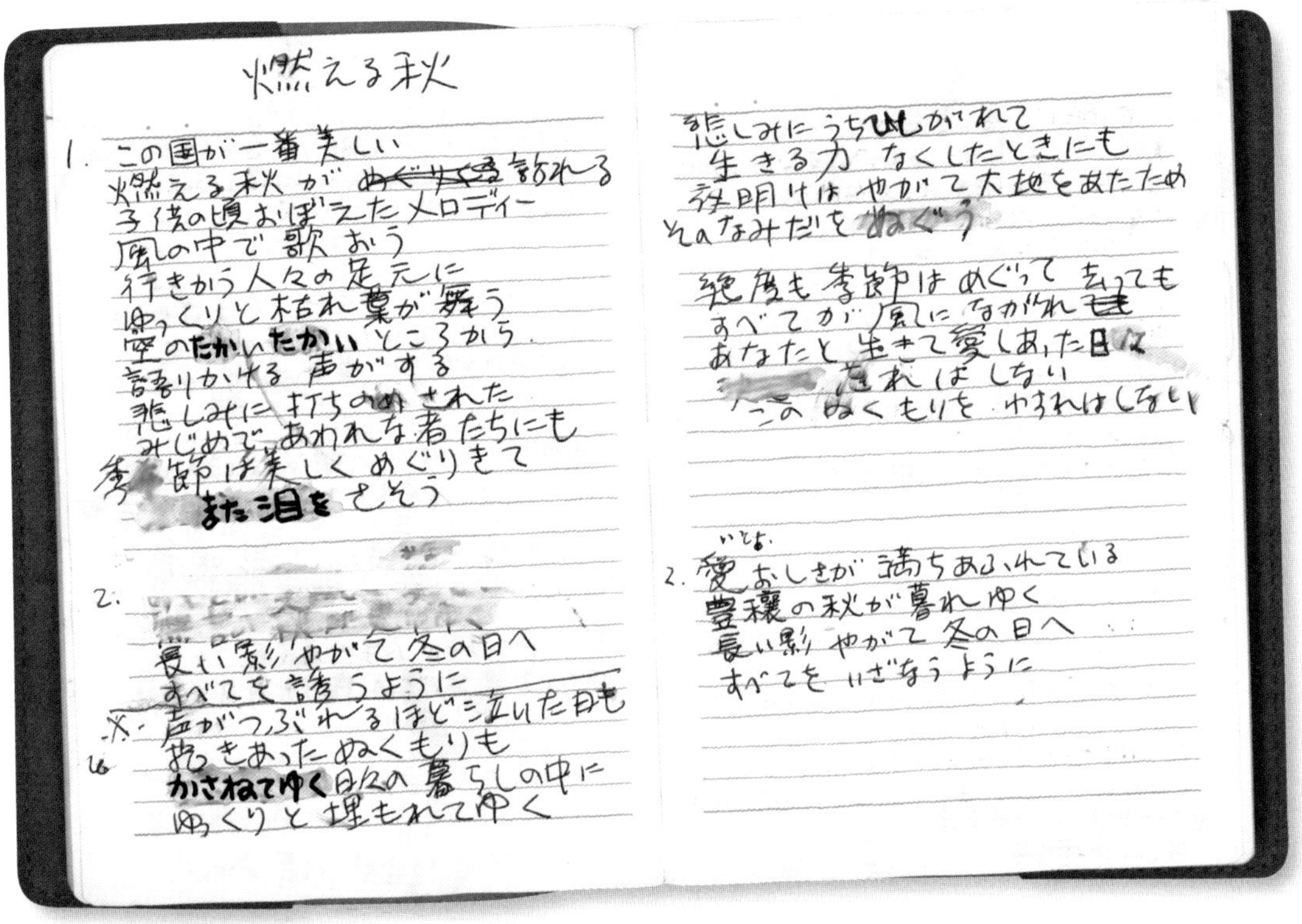
燃える秋
1. この国が一番美しい
燃える秋が 訪れる
子供の頃おぼえたメロディー
風の中で歌おう
行きかう人々の足元に
ゆっくりと枯れ葉が舞う
空のたかいたかいところから
語りかける声がする
悲しみに打ちのめされた
みじめで、あわれな者たちにも
季節は美しくめぐりきて
また涙をさそう
2.
長い影やがて冬の日へ
すべてを誘うように
※ 声がつぶれるほど泣いた日も
抱きあったぬくもりも
かさねてゆく日々の暮らしの中に
ゆっくりと埋もれてゆく
悲しみにうちひしがれて
生きる力なくしたときにも
夜明けはやがて大地をあたため
そのなみだをぬぐう
幾度も季節はめぐって去っても
すべてが風にながれ
あなたと生きて愛しあった日は
このぬくもりを忘れはしない
2. 愛《いとお》しさが満ちあふれている
豊穣の秋が暮れゆく
長い影やがて冬の日へ
すべてをいざなうように

幾度も季節は巡って　全てが風に流れても
あなたが生きて残した温もり　決して消えない
木枯らしが吹いても　雪に埋もれても
決して消えない

十二月の風に吹かれて

生まれて暮らして　ただそれだけで
生きているって　呼べるだろうか
少年はぼんやり　空をながめては
茜雲に泪ぐむのは　何故だろう

若者は幾つも　恋をしてみるけど
答えはそう簡単に見つかりはしない
やり場の無い　いらだちが・・・怒りに変わる時
騒いだ血の熱さが　生きているって証しだろうか

つかのまの輝きも　やがて色褪せて
すぐにあきらめる事を覚え
また元の　のっぺらぼうの行列の中に
紛れ込み　閉ざされた　羊たちの真似をする

にぎやかさと馬鹿馬鹿しさに逃れる事はしたくない
たとえ暗い部屋の隅で死んだふりをして見せるとも

自分は一体何者なのかと訊ねてみる
忙しげに行き過ぎる　十二月の風を睨みつけて

この国では電車の温度を上げろとか下げろとか
シルバーシートは若者たちの恥じらいの無さを
週刊誌の車内広告もお国の偉い方々も
合い言葉は恥じらいを捨てて生きよう

海の向こうではお腹をすかせて倒れてゆく
裸の子供たちの悲しい眼差し

生まれて　うわさして　ただそれだけで
生きているって　呼べるだろうか

海の向こうの出来事も　ただのうわさ話として
駅のホームに散らばっている　十二月の風に吹かれて

私は今　ぼんやり空をながめては
生きることの不確かさと　悲しみを思う

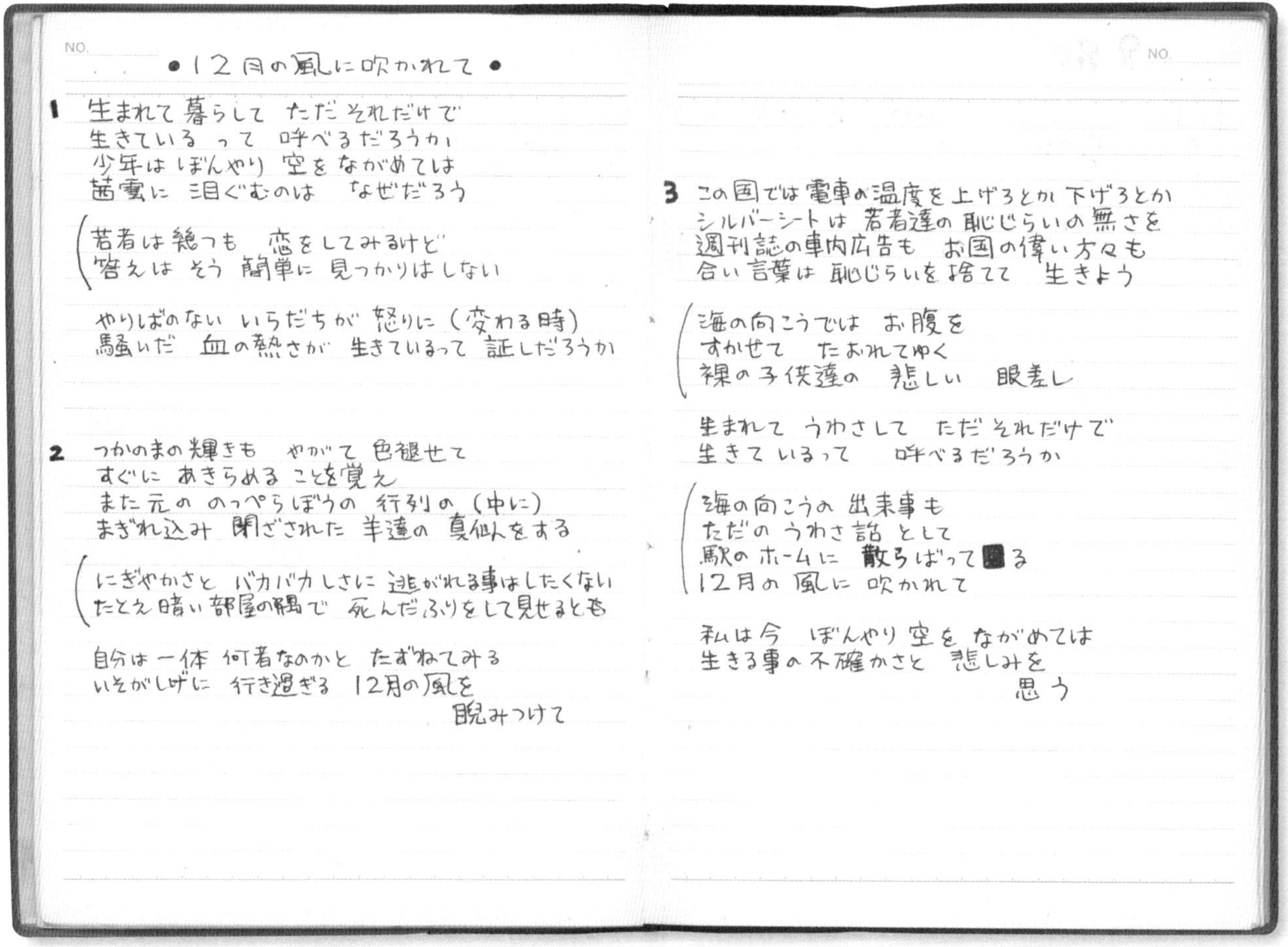

・12月の風に吹かれて・

1 生まれて暮らして ただそれだけで
生きているって 呼べるだろうか
少年はぼんやり 空をながめては
茜雲に 泪ぐむのは なぜだろう

若者は總つも 恋をしてみるけど
答えは そう 簡単に 見つかりはしない

やりばのない いらだちが 怒りに（変わる時）
騒いだ 血の熱さが 生きているって 証しだろうか

2 つかのまの輝きも やがて色褪せて
すぐに あきらめる ことを覚え
また元の のっぺらぼうの 行列の（中に）
まぎれ込み 閉ざされた 羊達の 真似をする

にぎやかさと バカバカしさに 逃がれる事はしたくない
たとえ暗い部屋の隅で 死んだふりをして見せるとも

自分は一体 何者なのかと たずねてみる
いそがしげに 行き過ぎる 12月の風を
睨みつけて

3 この国では電車の温度を上げろとか下げろとか
シルバーシートは 若者達の 恥じらいの無さを
週刊誌の車内広告も お国の偉い方々も
合い言葉は 恥じらいを捨てて 生きよう

海の向こうでは お腹を
すかせて たおれてゆく
裸の子供達の 悲しい 眼差し

生まれて うわさして ただそれだけで
生きて いるって 呼べるだろうか

海の向こうの 出来事も
ただの うわさ話 として
駅の ホームに 散らばって[redacted]る
12月の 風に 吹かれて

私は今 ぼんやり 空を ながめては
生きる事の不確かさと 悲しみを
思う

触発シリーズ・オ1回作品
☆B面・モザクどんの運動会
十二月の風に吹かれて
アヤ・ソフィア大聖堂
(この壁画が
描かれている)
を奉献する
ユスチニアヌス大帝
MP
ΘV
コンスタンチノープル
(イスタンブール)
の都を奉献する
コンスタンチヌス大帝
聖母マリアに抱かれる幼児キリストに
首都と会堂を奉献する権力者たち。
旅のスケッチ(トルコ共和国)より
27/SEP/1979 英五
河島英五

生きてりゃいいさ

君が悲しみに　心を閉ざしたとき　思い出してほしい歌がある
人を信じれず　眠れない夜にも　きっと忘れないでほしい

生きてりゃいいさ　生きてりゃいいさ
そうさ生きてりゃいいのさ
喜びも悲しみも　立ち止まりはしない
めぐりめぐって行くのさ

手の掌を合わせよう　ほら温もりが　君の胸に届くだろう

一文無しで　町をうろついた　野良犬と呼ばれた若い日にも
心の中は夢で埋まってた　火傷するくらい　熱い想いと

生きてりゃいいさ　生きてりゃいいさ
そうさ生きてりゃいいのさ
喜びも悲しみも　立ち止まりはしない
めぐりめぐって行くのさ
恋を無くした一人ぼっちの君を　そっと見つめる　人がいるよ

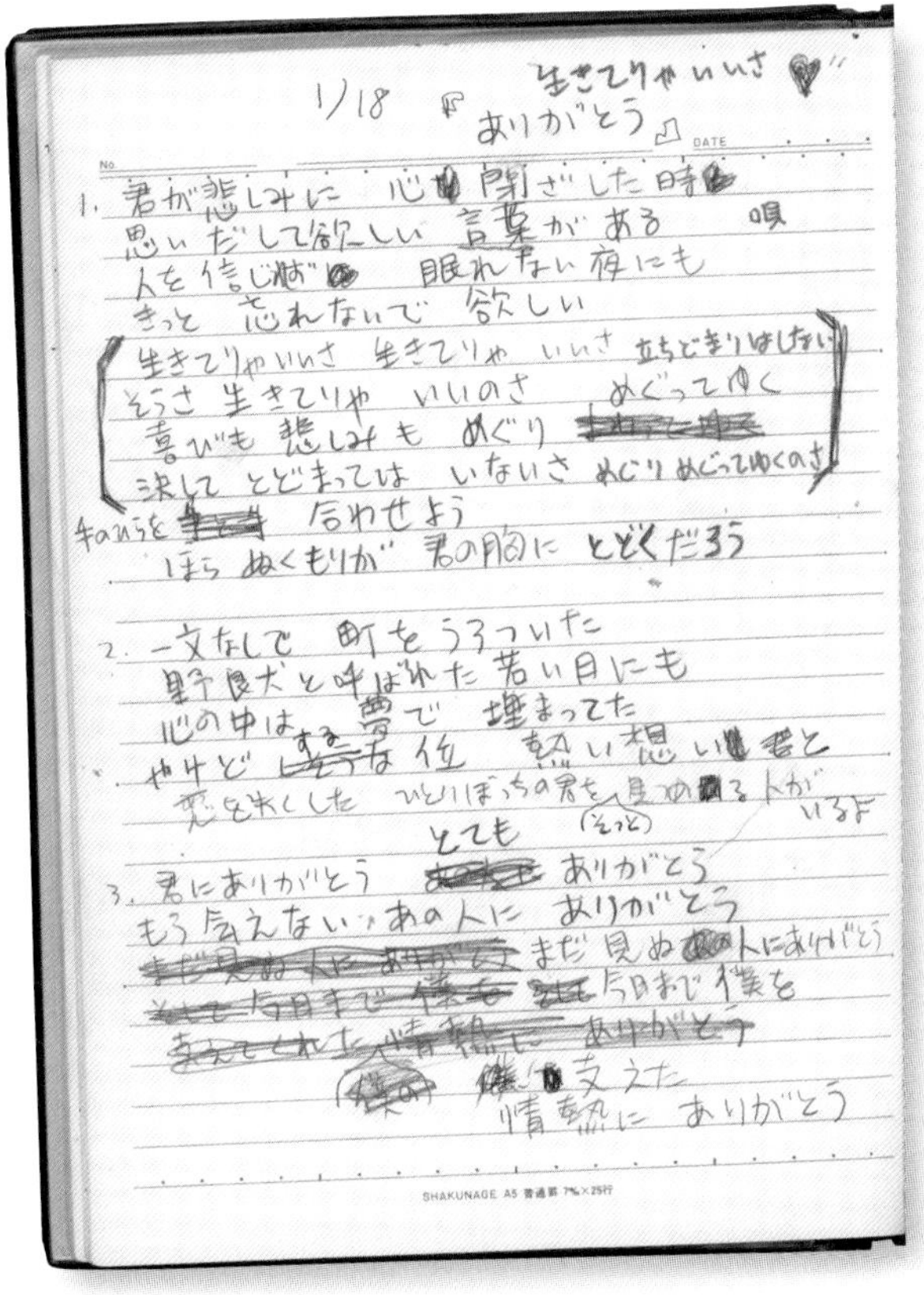

君にありがとう　とてもありがとう
もう会えない　あの人にありがとう
まだ見ぬ人に　ありがとう
今日まで僕を　支えた情熱にありがとう

生きてりゃいいさ　生きてりゃいいさ
そうさ生きてりゃいいのさ
喜びも悲しみも　立ち止まりはしない
めぐりめぐって行くのさ

手の掌を合わせよう　ほら温もりが　君の胸に届くだろう

100年たったら

あいつはとても　気にくわないヤツだから
話をするのも嫌だよ　サヨナラしよう
だけど100年たったら　もう一度会おうよ
頭の中をからっぽにしてさ

百年たったら　天国で会おうよ
百年たったら　もう一度会おうよ

あの子とはうまく　やってゆけると思ったよ
だけど3年たったら　知らず知らずに別れたよ
100年たったら　もう一度会おうよ
心の中をからっぽにしてさ

百年たったら　天国で会おうよ
百年たったら　もう一度会おうよ

おいらのおじさん　とても早くに死んじゃった

お酒のせいだと　みんな泪を流してた
だけどおいらは泣かない　だっておじさん死んだのは
お酒のせいじゃない　とてもしかたがなかったよ

百年たったら　天国で会おうよ
百年たったら　もう一度会おうよ

おいらが生まれた日　天国へ行った誰かさん
おいらが逝くとき　生まれてくる誰かさん
百年たったらいっしょに集まって
天国の庭で　パーティー開こうよ！

百年たったら　天国で会おうよ
百年たったら　もう一度会おうよ

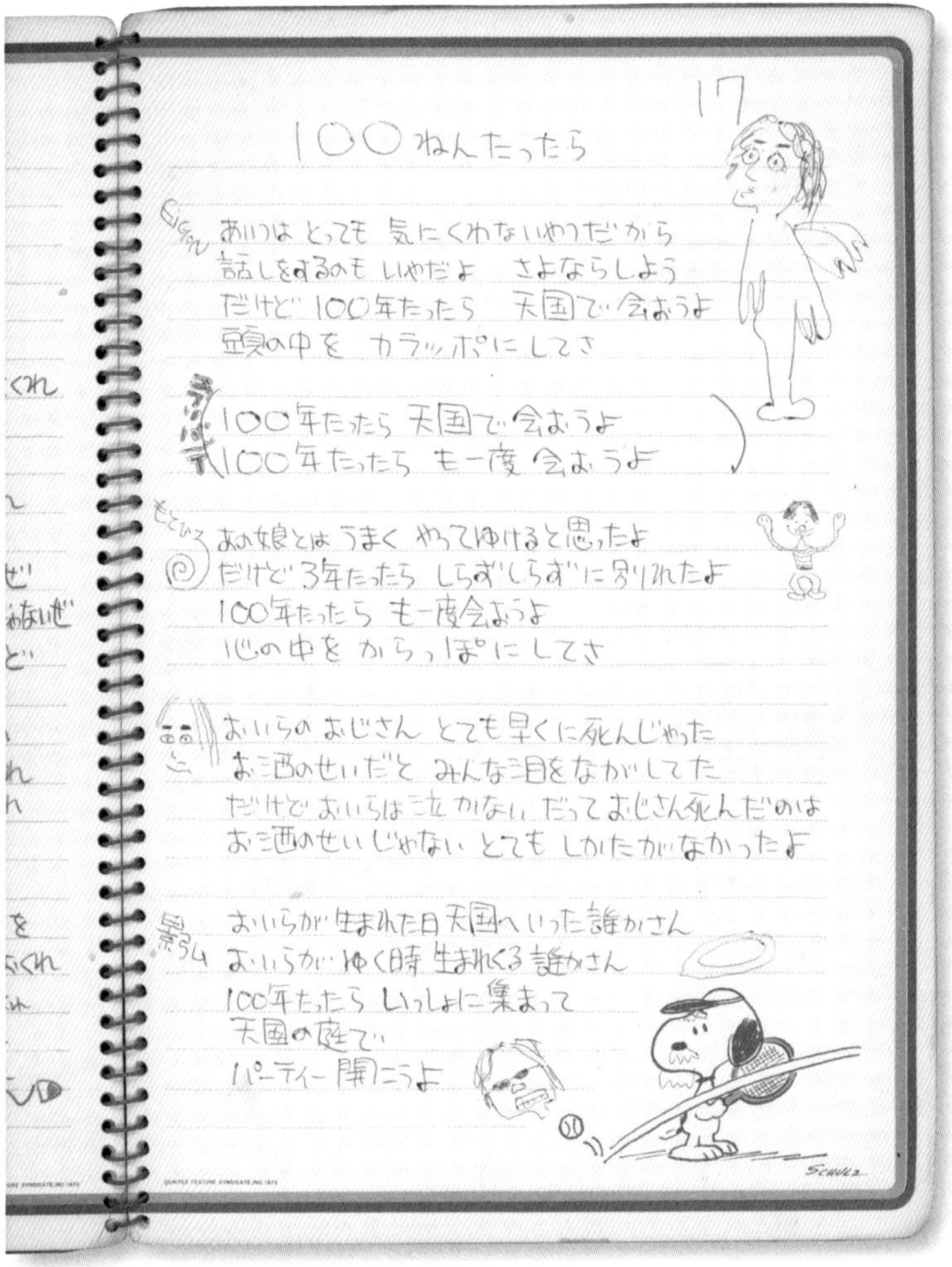

17

100ねんたったら

あいつは とっても 気にくわないやつだから
話しをするのも いやだよ さよならしよう
だけど 100年たったら 天国で会おうよ
頭の中を カラッポにしてさ

100年たったら 天国で会おうよ
100年たったら も一度 会おうよ

もとひろ
あの娘とは うまく やってゆけると思ったよ
だけど 3年たったら しらずしらずに別れたよ
100年たったら も一度会おうよ
心の中を からっぽにしてさ

おいらの おじさん とても早くに死んじゃった
お酒のせいだと みんな泪をながしてた
だけど おいらは泣かない だって おじさん死んだのは
お酒のせいじゃない とても しかたがなかったよ

おいらが生まれた日 天国へいった誰かさん
おいらが ゆく時 生まれくる誰かさん
100年たったら いっしょに集まって
天国の庭で
パーティー開こうよ

SCHULZ

プロフィール

河島英五
シンガーソングライター
1952年4月23日
大阪生まれ

小学生時代から絵や詩を書くことに熱中。

中学2年の時、姉にギターを買ってもらい「流れる雲」を作る。

高校時代からフォークに魅せられ、バスケット仲間4人でフォークグループ「ホモ・サピエンス」を結成。リーダーとして歌い始める。

18歳で「酒と泪と男と女」を作詞・作曲。

1975年「何かいいことないかな」でレコードデビュー
ホモ・サピエンスを解散後、ソロとして活動。
圧倒的なパワーによるライブが各地で話題を呼び、ファーストアルバムの中の1曲「酒と泪と男と女」が急浮上、ヒットに至る。

日本での音楽活動の合間を縫って1977年インド、アフガニスタン、78年ペルー、79年トルコ、80年ネパールを単身放浪。その集大成として1980年10月「文明I」、11月「文明II」、12月「文明III」と3枚のアルバムを発表（その後もケニア、ボリビア、インドネシアと各国を訪ね歩き、1998年7月に文化交流コンサートを行うためモンゴルを訪れている）。

四国お遍路ライブ、東北・北海道をオートバイで旅しながらのライブ等、最多期の年間ライブ数は200本以上。

第42回紅白歌合戦初出場。「酒と泪と男と女」「野風増」に続き、「時代おくれ」を日本のスタンダード曲として定着させる。

1995年から阪神・淡路大震災復興支援コンサート「復興の詩」をプロデュース。

生涯一貫してライブを中心とした音楽活動を貫いた。

2001年4月16日、C型肝炎のため死去。享年48歳。

おわりに

「大人になったアミルさんへ」

父の創作ノートの中に私へのメッセージを見つけた。私が子どもの頃、日航機墜落事故や、ホテルの火事のニュースを見て「死んだらどうなるの？」「お父さん、お母さんと会えなくなるの？」と泣きじゃくったことが書かれていた。

父は私を抱きしめ「死んでも会えるよ。天国で会えるよ」

と言うのが精一杯だったようだ。

「英五さんって豪快な人だったでしょう？」「厳しかったん

じゃないですか？」

父についての取材を受けた時、必ず出るのがこの質問。

「酒と泪と男と女」「野風増」「時代おくれ」の男っぽいイメ

ージから来るのでしょう。

それも河島英五の一部分だけれど、私は子どもの頃から「地

球のどこかのかたすみで」「訪ねてもいいかい」のような、

優しい歌が大好きだった。

父は10代の頃に受けたインタビューで「僕には嫌いな人が

いない。観察しているとみんな好きになってしまう」と答

えている。

例えば「てんびんばかり」の詩には複雑な人間模様が描か

れているが、そのすべてに愛情を感じるのだ。

命についての詩も多い。これは病弱だった幼少期、死を宣

告された経験からだろう。


父が旅立ってから、20年。

あれから7人の孫が生まれ、私の長男は父が「酒と泪と男と女」を作ったのと同じ、18歳になった。

父の青春時代より、世の中はずっと便利になった。でも、SNSで繋がりすぎる人間関係に子どもも大人も疲れていないかな??

「だけど友よそれで、それで自由になれたかい?」(水瓶の唄)

こんな時代だからこそ孫世代の子どもたちにも、河島英五のメッセージを受け取って欲しい。


この詩集を読めば、私が会ったことのない十代の父にも、世界を放浪してほとんど会えなかった頃の父にも、いつでも会える。

子どもたちにも、青春時代の父に会ってもらえる。

私なりに「死んだらどうなるの?」の答えを見つけた気がした。
飲み潰れた男にも、喧嘩した親友にも、別れた彼女にも、まだ会ったことのない孫たちにも
「100年たったら天国で会おうよ!」
優しい父の歌声が聴こえる。

2021年4月　　河島あみる

心から
心へ
平成四年十月十六日
河島英五

河島英五 詩集　天を歩け、そして唄え

発行日　　2021年4月11日 初版発行

著　者　　河島英五
編　者　　河島あみる
発行者　　前畑知之
発行所　　京都新聞出版センター
〒604-8578　京都市中京区烏丸通夷川上ル
TEL. 075-241-6192　FAX. 075-222-1956
http://www.kyoto-pd.co.jp/
編集協力　株式会社天空PR・清塚あきこ
ブックデザイン　北尾 崇（HON DESIGN）

印刷製本　株式会社チューエツ

ISBN978-4-7638-0745-8 C0092